道《どう》元《げん》禅《ぜん》師《じ》の
ワンダーランド

ピュアな禅の世界で「本来の面《めん》目《もく》（まことの自分）」探し

しのざき　こういち

てらいんく

道元禅師《どうげんぜんじ》のワンダーランド

ピュアな禅の世界で「本来の面目《めんもく》（まことの自分）」探し

目次

道元禅師《どうげんぜんじ》って知っていますか？

かれは禅（ＺＥＮ）の教え、坐禅《ざぜん》による独自の瞑想《めいそう》によって、こころの奥深くにいる「まことの自分」を探し求めることを教えてくれた人です。

禅では心の奥にいる「まことの自分」のことを「本来の面目《めんもく》」「無位の真人《しんにん》」とも呼んでいます。

人間は歳《とし》を重ねるにつれ、さまざまな体験を重ねるにつれ、しだいに素直《すなお》でない性格、誤った自我《じが》や先入観念にこりかたまってしまいます。

そして、いつかは「本来の面目（まことの自分）」の姿を見うしなってしまうのです。

そんな状態の人間のことを、

「骸骨《がいこつ》が　身を飾《かざ》っての　花見かな」

なんて詠《よ》んでいる俳人もいるのです。また昔の歌人は、こんなふうにも詠んでいます。

山も山　道も昔に変わらねど
変わりはてたる　わが心かな

有名な心理学者で、魂《たましい》の医者でもあるユング流にいうと、「今の偽《いつわ》りの自分」は意識の世界に存在し、「まことの自分」は無意識の世界に存在するもの、と考えてよいのかも知れません。

そして、誰《だれ》もが念願とする「自己実現」を可能にするには、この「まことの自分」を見いださなければなりません。

あなたの人生の幸せは、心にひそむ「仏性《ぶっしょう》」に通じる「まことの自分」の知識のなかにとどまっているのです。

道元《どうげん》は、

「あなたはあなた自身が何者かを知れ！　あなた自身のこころを知れ！」

と説いています。

こころは気まぐれで、さまよい歩くもの。そんな心を静かにさせるには、こころが何であるかを知る必要があるのです。

後年、道元と同じ禅僧《ぜんそう》である沢庵和尚《たくあんおしょう》も、こう述べています。

心こそ心迷わす心なれ
心に心、心許すな

そして、道元はまた、
「清浄《せいじょう》で明晰《めいせき》なこころは、自然の山河大地、太陽や月や星である。つまり、こころはすべての存在であり、すべての存在はこころの姿である」
とも述べています。

宇宙の真理を黙々《もくもく》と実践《じっせん》する大自然……。人間のこころもその大自然そのものなんだ、と言ってるんですよね。

……………………。

それでは、ピュアな禅《ぜん》（ＺＥＮ）のワンダーランドを訪ねて、誰《だれ》もがこころの深奥《しんおう》にもっている「まことの自分」に到《いた》るプロセスを探求する旅に出てみることにしましょう。

1

旅立ち

道元《どうげん》は西暦一二〇〇年に、京都に、それもトップクラスの貴族（公家《くげ》）の家に生まれました。

ながく京の都を支配していて、

「平家でなければ、ひとにあらず」

とまでいわれていた平家一族も、あっけなく源氏との戦いにやぶれ、京都から追放されました。

そして、ついに壇《だん》ノ浦《うら》というところで、源義経《みなもとのよしつね》によって滅《ほろ》ぼされてしまいました。

その海で敗戦を覚悟《かくご》した祖母・二位尼《にいのあま》は、六歳になる安徳《あんとく》天皇を抱《だ》いて、

「波の下にある阿弥陀浄土《あみだじょうど》にまいりましょう」

と、宝剣《ほうけん》と神璽《しんじ》（三種の神器《じんぎ》）を持って、海に身を投じました。

多くの女官《にょかん》たちも、それを見て、いっせいに色あでやかな衣《ころも》をひるがえし、海中へと消えていったのです。（❖無心の落花が、無心の海流にのまれ、音も

なく沈《しず》んでいったよ……。）

鎌倉《かまくら》時代の「平家物語《ものがたり》」の冒頭《ぼうとう》には、

「祇園精舎《ぎおんしょうじゃ》の鐘《かね》の声、諸行無常《しょぎょうむじょう》の響《ひび》きあり。沙羅双樹《さらそうじゅ》の花の色、盛者必衰《じょうしゃひっすい》の理《ことわり》をあらわす」

と書かれています。

平家が滅亡《めつぼう》すると、今度は公家中心の朝廷《ちょうてい》から、武家中心の鎌倉幕府《ばくふ》が成立するようになりました。

道元が誕生したのは、そのころのこと。

「今は、お釈迦《しゃか》さまの仏法がすたれ、人々が苦しみにあえいでいる末法の世である」

といわれていた動乱つづきの時代。

さて、道元の幼年期の話をしましょう。

道元《どうげん》……幼いときの名は、文殊丸《もんじゅまる》。

目が大きくて背も高く、ずいぶんと利口そうで、色白の肌《はだ》をした利発そうな子だったそうです。

でも、いつも、何かはるか遠くの方を眺《なが》めていたりする、すこし変わった子でもありました。

風がもうれつに吹《ふ》いていた日のこと。強い風に旗がばたばた動いているのを見て、かれは幼友達《ともだち》の藤原《ふじわらの》あけぼのに、こんなふうな質問をしています。

「ねえ、あけぼの。あの旗を見て、おまえ、どう思う？　あれは旗が動いているのか、それとも風が動いているのか、どっちなんだろうか？」

「そうねえ。たぶん、旗」

「違《ちが》うんじゃないかな」

「じゃあ、風」

「それも違うと思う」

「じゃあ、なんだっていうのよ」

「うん。そうだね。……心のせいなんじゃないかな。あれを見る人のこころが動いているから、風も旗も動いているように見えるんだよ」

「心が……？」

「そう、こころが、じっと静かになっていると、風もない、旗も動かない、そんなふうに見えるのかもしれないな」

もうそのころから、道元はふつうの人とはちょっと異なる見方をして、物事を考えるようになっていたのですね。


文殊丸は幼少期に両親を亡《な》くしています。

三歳《さい》のとき父親に死なれ、八歳のときには母親と死に別れたのです。

そんなかれは、春が好き。いや、春というよりか、桜の花がとても好きでした。

梅《うめ》は寒く苦しい時期に、香《かお》り高くりんと咲《さ》きます。桜も誰《だれ》にも言われないのに、自分で咲くことを知り、そして、散るときも知っているのです。

桜が咲きはじめると、かれはわくわくして、藤原《ふじわらの》あけぼのに、

「桜が咲いたよ。早く見にいこうよ」

と、毎朝のように催促《さいそく》します。

たくさんの人が、花見に出かけているのです。

文殊丸《もんじゅまる》は桜の木のある場所に来ると、どっかと腰《こし》をおろして、

「ああ、ここがよい。ここがいちばんだ」

と、満足そうに桜を眺《なが》めるのです。

「あけぼの」

「何」

「ほら、見えるかい？　あの桜の木の下に、きれいな女のひとが立っているだ

ろ?」

「え、どこに?」

あけぼのは、きょとんとして、かれの指さすほうに目をやるが、そんな女のひとの姿なんかどこにもありません。（❖道元《どうげん》には見えるんですね。変わった能力があるんだな。）

「あの女のひとの名は、コノハナサクヤヒメとおっしゃられるんだよ」

「どこ？　どこに？」

「ほら、あそこにおられるじゃないか。衣《ころも》をひらひらさせてさ」

かれはそう指さして教えるのです。でも、あけぼのの目には、どうしても女のひとの姿をとらえることができません。

たぶん、その女のひとは、桜の木の精霊《せいれい》なのでしょう。

かれは、すごくうれしそうな顔で、

「あのコノハナサクヤヒメは、わたしの母上に、とてもよく似ておられて、もうそっくりなんだ」

と言うのです。

考えてみれば、文殊丸《もんじゅまる》は桜を見たいのではなく、その美しい桜の女神に会いたい、と思っていたのかも……。

でも、知っています？

「花びらは散っても桜は散らない。桜は花びらを散らしても、目に見えない姿でそこにずんと立って残っている」

いつまでもそんな幻影《げんえい》が見えるなんて、とても不思議なことですよね。

母親が道元《どうげん》をさずかったとき、

「この子は、これから五百年間、誰《だれ》も肩《かた》を並べることのできないほどの、大聖《だいしょう》人《にん》となるであろう。この国に、正しい仏法をひろめるために誕生するのだ」

という天の声を耳にしたそうです。

そして、道元が生まれると、すぐに人相見に見せて、かれの運命を占《うらな》ってもらいました。

人相見は、

「この子はふつうの子とは違《ちが》う。きっと聖人の子であろう。この子の瞳《ひとみ》には特別なシルシがあり、かならず大器になるであろう。ただ古書に聖人の子が誕生すると、その母の命があやういとある。おそらくこの子は、七歳か八歳で、母をうしなうであろう」

と予言し、そのとおりになりました。

おそらく母親の伊子《いし》も、その予言を信じて、かれを大切に養育してきたのでしょう。

道元は母親から教育を受け、唐《とう》の詩人の詩を学んだり、七歳《さい》で孔子《こうし》や孟子《もうし》の儒教《じゅきょう》に親しみ、仏教の法華経《ほけきょう》も暗唱していました。

母親が病気になったとき、かれは母親からこんなことを質問されました。

「ねえ、文殊丸《もんじゅまる》。人間がこの世に生きるってことは、どういうことなんでしょうね？」

かれに質問というより、母親が自分自身に問いかけているようでもありました。

「ふうん。それであなた、なんて答えたの？」

藤原《ふじわらの》あけぼのは聞きます。

「ムリだよ。そんなこと、難しくて答えることなんかできなかったよ」

道元《どうげん》はそのとき、ほんとうにくやしそうな顔をしていました。

どうして、自分には返答できなかったのか、どうして、母親の疑問を解いてやれなかったのか、と深刻な顔をして悩《なや》んでいたのです。

人間は、魂《たましい》（霊魂《れいこん》）をそなえた肉体ひとつで、あとは何ももたずにこの世に生まれてきます。

この世では生を受けて、あらたな名前をつけられ、たった一度だけの人生を送ります。

人間は生きているあいだに、悲しみ苦しみ楽しみ喜びなどの人生体験を多く積み重ね、自分のもつ魂（霊魂）を進化させなければなりません。

そうすることによって、人間の魂のエネルギーは強化されていくのです。

人間には、そのことが「生きる目的」のひとつとして与《あた》えられています。金持ちや有名になることなどは、さして重要なことではありません。

幼い道元には、まだそれが理解できていなかったのですね。

道元の母の伊子《いし》は、気の毒な生涯《しょうがい》を送ったひとなのです。

朝廷《ちょうてい》の最高の地位、関白までやった松殿基房《まつどのもとふさ》を父にもちながら、平家を京都より追放した乱暴者の木曽義仲《きそよしなか》に、むりやり十六歳《さい》で嫁《とつ》がされました。

しかも、すぐにその義仲も京都から追いはらわれ、源義経《みなもとのよしつね》らの追討軍との戦いになって、命を落としてしまったのです。

さらに彼女《かのじょ》は、その後も、父の政略結婚《せいりゃくけっこん》の犠牲《ぎせい》になり、朝廷《ちょうてい》の権力者であった源通親《みなもとのみちちか》の側室（二番目の妻）にされました。

道元《どうげん》はこのときの子なのです。

母親の伊子《いし》が、

「人間がこの世に生きるってことは、どういうことなんでしょうね？」

と、人生について、そのような悩《なや》みをしんけんに抱《いだ》いたのも、当然のことなのです。

道元は、

「これは母上だけでなく、誰《だれ》もが抱いている疑問なのだ、そして、その答えは仏の教えのなかにしか見いだせない」

と思ったのです。

道元は僧侶《そうりょ》になろう、と決心しました。それは母親がつぶやいた「人生に対する疑問」の言葉が、かれの背中を押《お》したに違《ちが》いありません。

さらに、道元の頭のなかには、母親の伊子から言われた、「文殊丸《もんじゅまる》、そなたは野の百合《ゆり》のように清く気高く、大空を飛ぶ鳥のように自由に生きなさい」という、そんな言葉が頭のなかに残っていたのです。（❖花一輪、あなたの母にささげよ！）

道元が十三歳《さい》のときでした。

道元は名門の貴族の出身。それも祖父は関白までやったひと。関白といえば今でいう首相《しゅしょう》のことです。

ですから、道元がその気になれば、自分も関白にまでなれたかもしれませんが、でも、そんな出世の道を、ぽいと捨てて出家しようと考えたのです。

お釈迦《しゃか》さまも、王さまになれる王子でしたが、でも、その地位を投げ捨てて仏の道の修行《しゅぎょう》に出ました。道元もそれに近いですよね。

道元《どうげん》は母方の叔父《おじ》である良顕《りょうけん》を頼《たよ》ることにしました。のちにこの国の宗教の総本山ともいえる、比叡山《ひえいざん》の延暦寺《えんりゃくじ》のトップ、天台座首《てんだいざす》にもなったひとです。

当然、道元がそんな年齢《ねんれい》で、出家しようと決心したことは、親族のあいだに大変な騒《さわ》ぎをまきおこしました。

特にかつて関白までやった祖父の松殿基房《まつどのもとふさ》なんか、自分の家をつがせようと考えていたので、カンカンです。

道元も、とても祖父たちを説得できないと思って、良顕《りょうけん》に頼る気になったのでしょう。

相談を受けた良顕も、なんとか坊《ぼう》さんになる決心を変えさせようと、けんめいになりました。

「そなたはまだ出家するには若すぎる」

とか、

「そなたが出家したら、名門の松殿の家は絶えてしまうのだぞ。大昔からつづいてきた貴族の家を、そなたがつぶしてしまうんだぞ」

とか、

「今のままでも、いくらでも出世ができるのに、そのチャンスをみずからつぶしてしまうとは……。こんなことをしたら、亡《な》くなったそなたの父も母も、嘆《なげ》くに違《ちが》いないぞ」

とか、

「出家したら、その生活がどんなものか、それがわかっての行動なのか。僧侶《そうりょ》の修行《しゅぎょう》生活というものは、それはきびしいものなんだよ」

と、あれこれ考えられるものはすべて並べたてて、声をはりあげ手をふりあげて説得しました。

けれど、道元は口をつぐみ、涙《なみだ》を流し、ひたすら良顕に頭を下げつづけるばかりなのです。（❖一滴《てき》の涙は、一滴の赤い血だ。）

なんという道元《どうげん》の決心のかたさでしょうか。こうまでなるには考えて、考えて、考え抜《かんがぬ》いて、その結果、決断したに違《ちが》いありません。

とうとう、良顕《りょうけん》も根負けしてしまいました。

とりあえず、山門、横川の般若谷《はんにゃだに》の千光房《せんこうぼう》に入るよう指示をしたのです。

当時の比叡山《ひえいざん》は加持祈禱《かじきとう》を重んじ、面倒《めんどう》な経典《きょうてん》の知識を頭につめこむのが修行《しゅぎょう》の中心でした。

延暦寺《えんりゃくじ》の戒壇院《かいだんいん》で、菩薩戒《ぼさつかい》をうけて僧侶《そうりょ》になったかれは、そこで初めて道元という名をさずかり、それこそ昼も夜もないといった修行に明け暮れました。

とにかくかれは、中途半端《ちゅうとはんぱ》なことがきらいな人間、何事も徹底《てってい》してやらないと気がすまない人なのです。

密教を学び、仏教の教えをとく経典という経典を、むさぼるように読みました。法華経《ほけきょう》はむろんのこと、涅槃経《ねはんきょう》、華厳経《けごんきょう》、大蔵経《おおくらきょう》、……。

しかし、かれはそれらの経典を読めば読むほど悩《なや》むようになったのです。（❖

本にどっぷりのめりこむと、今度は人が本を読むのではなく、主客転倒《しゅかくてんとう》し、本が主役になってしまいます。）

春の若葉も秋の紅葉も、まるで目にとまりません。小鳥の鳴き声も谷川のせせらぎも、まったく耳に入りません。

「道元は、どうしたんだ？　あんなに目を血走らせたりして」

「僧侶になったのだから、ひたぶるに仏にすがって、心おだやかにしておればよいものを」

「食事もろくにとっていないというではないか」

と、同僚《どうりょう》たちのウワサになってしまいました。

叔父《おじ》、良顕にとっては、道元はこの比叡山《ひえいざん》ではただひとりのかわいい身内です。

ある日、とうとう心配になって、かれを呼びました。

「道元、どうしたのじゃ。何を悩《なや》んでおる。そんなふうだと、病気になってしまうではないか」

と声をかけました。

事実、重い悩《なや》みにとりつかれているようで、青白い顔をして、いまにも倒《たお》れそうなのです。

「叔父上《おじうえ》、わたしにはわからなくなりました」

と、道元《どうげん》は涙《なみだ》をこぼしそうな表情になって、そう訴《うった》えます。

「いかがした?」

「はい。叔父上、お聞かせください」

「うむ」

「人間は本来、仏性《ぶっしょう》(仏のようなピュアな心)そのものである、と仏教の経典《きょうてん》に書いてありますが、それなのに、どうして、さらに修行《しゅぎょう》をする必要などあるのでしょうか?」

と、道元は言い、

「もともと人間に仏性がそなわっているならば、もう僧侶《そうりょ》になって修行などしなくても、よいのではありませんか？」

「……」

これは難問です。

世の中には、悪い人間とよい人間がいますが、でも、仏の教えは、「人間誰《だれ》しもが、仏のようなもの。仏のこころの持ち主である」としているのです。

古代の中国の国で盛んだった三階教《さんがいきょう》、その教祖である信行《しんぎょう》は、「どんな人間も仏そのものである」とし、町や村に行きかう人々には、両手をあわせ礼拝したそうです。

このようにもともと人間が仏そのものであれば、どうして僧侶が、さらに仏のような自分になりたいと、きびしい修行をする必要があるのでしょうか。

道元が疑問に思うのも当然といえば、当然です。

当時の比叡山《ひえいざん》の寺では、どれほどの高僧《こうそう》であっても、そんな疑問に答えられる者はおりませんでした。

なんだって、当時の僧侶《そうりょ》の勉学といえば、仏の教えの書、経典《きょうてん》をまるのみにしてそれだけを信じ、暗記をすることなどがほとんどだったからです。

こまりはてた良顕《りょうけん》は、比叡山のふもとにある園城寺《おんじょうじ》（三井寺《みいでら》）にいる後胤和《こういんお》尚《しょう》を、道元《どうげん》に紹介《しょうかい》することにしたのです。

でも、その後胤和尚も、道元のしんけんな疑問に答えることができず、京都にある建仁寺《けんにんじ》の栄西《えいさい》という僧侶の名を言い、

「あの和尚のところに行って、教えを受けなさい」

と勧《すす》めました。

栄西は権僧正《ごんのそうじょう》という、仏教界では高い地位にある僧侶です。

建仁寺は天台宗《てんだいしゅう》の延暦寺《えんりゃくじ》と違《ちが》って、禅宗《ぜんしゅう》を教える寺。

道元はこのまま比叡山にいても、自分の抱《いだ》く仏教への疑問を解くことはでき

ないと考え、栄西を訪ねていくことにしました。

道元は比叡山を去ることには、なんの後悔《こうかい》も未練もありません。やたら豪華《ごうか》に飾《かざ》りたてる寺々、きらびやかな衣装《いしょう》の高僧、武士にも見える武装した僧侶たち。

そして、僧侶たちの話しあう内容が、

「あの僧は、偉《えら》い貴族の出身だ。この人の実家は、たいそう裕福《ゆうふく》な家であるそうな」

そんなことばかり。

これでは俗世間《ぞくせけん》と、すこしも変わりがありません。とても、仏道を修行《しゅぎょう》するような清冽《せいれつ》な、雰囲気《ふんいき》のある環境《かんきょう》ではないのです。

建仁寺に向かう途中《とちゅう》、道元は野原で遊ぶ子どもたちの姿を見ました。神憑《かみつ》き遊びをやっています。

十人ほどの子どもたちが輪になって、その真ん中に、神のつく役をする小さな子が、しゃがんでいます。

おのりやれ　おのりやれ
天地《あめつち》が神
天にもゆらに　地にもゆらに
もゆらもゆらの天地が神

子どもたちは手をつないで、そう歌いながら、ゆっくりとまわりはじめます。

（❖現代の童謡《どうよう》、「かごめ、かごめ」のルーツです。）

すると、真ん中にしゃがんでいる小さな子に、いきなり神がつくのです。その子はぶるぶると体をふるわせ、白い目になります。

すると、待っていました、とまわりの子どもたちは、順番に質問を浴びせます。

「オモ（母）の病気は、よくなるか？」

幼い子についている神が答えます。

「ならない」

「コメの飯は、いつ食べれるか？」

「食べれない」

「旅にいるトト（父）は、元気か？」

「死んだ」

神は純心な子どもが大好きなので、すぐに天から降りてきてくれるのです。道元《どうげん》には、それがうらやましくてなりません。大人の心はすっかり汚《よご》れているので、とかく神は敬遠しがちになるのです。

「特に今の自分のこころ、この疑念のうずまく状態だと、神仏には、とても近寄りがたいものに思えるはずだ」

と、道元は子どもたちの輪を眺《なが》め、そんな感慨にふけったのです。

2

偉《い》大《だい》な師

建仁寺《けんにんじ》をおとずれて、さっそく道元《どうげん》は栄西和尚《えいさいおしょう》に面会を求めました。

栄西は禅宗《ぜんしゅう》の僧侶《そうりょ》です。禅（ZEN）はインドに生まれた大乗仏教の一派で、達磨《だるま》を始祖としています。

栄西はもう七十歳《さい》を過ぎた老人ですが、それでも、かくしゃくとして、信仰《しんこう》者《しゃ》として朝、昼、夕の修行《しゅぎょう》に明け暮れています。

この栄西については、こんな話があります。

一人の貧乏人《びんぼうにん》が栄西のもとを、訪ねてきたときのことです。

「わたしの家は貧しくて、もう三日もご飯を食べることができません。家族は子どもをふくめて五人ほどですが、あとは飢《う》え死《じ》にするしかありません。どうか、お助けを」

ぼろぼろの衣《ころも》をまとった貧乏人は、泣いてそう懇願《こんがん》するのです。

栄西は寺の中を探しましたが、値打ちのありそうな品物は何ひとつなさそうです。でも、そのとき、栄西にあるものが目にとまりました。

寺では薬師如来《やくしにょらい》の仏像を、こしらえようとしています。その材料となる打ちのべた銅材が目についたのです。

栄西は、それを貧乏人に与《あた》え、

「これを食べ物と交換《こうかん》して、当面の飢えをしのぎなさい」

と言ったのです。

それを見ていた弟子《でし》たちは、いっせいに非難の言葉を浴びせました。

「和尚《おしょう》さま。何をなさるんですか。それは仏さまの像をこしらえる銅材ですよ。そんなことをすると、仏さまの罰《ばち》があたります」

すると、栄西《えいさい》はこう答えたのです。

「確かにそのとおりじゃ。だがな、ここに仏がおられたならば、どうするかな。自分の身の肉や手足をさいても、人々にほどこしをなさる仏のことだ。もし、目のまえに飢え死にしそうな人がおれば、仏像の全部を壊《こわ》してでも、それを与え、助けてやるに違《ちが》いない。

であるから、わたしは、たとえこのことが罪となって地獄《じごく》におちようとも、なんら悔《く》いなどない」

道元《どうげん》はその栄西《えいさい》に、これまでの悩《なや》みをうちあけました。

栄西は道元をじっと見つめて、

「すると、なにか？　そなたはたくさんの経典《きょうてん》を学んだ結果、人間はもともと仏のような存在なのに、どうして、僧侶《そうりょ》になってさらに修行《しゅぎょう》をしなければならないのかって、疑問がわいたというのか？」

「はい。ぜひ、このわたしに、その答えをお教えください」

「この愚《おろ》か者《もの》!!」

栄西の一喝《いっかつ》……。道元は生まれて初めて雷《かみなり》を落とされたのです。

「アホか、知らんわい、そんなこと。山でわいわい騒《さわ》いでいるキツネやタヌキのことはわかるがな」

と栄西は言い、カラカラと笑います。

それから、栄西は道元に、こんな話をしました。

金持ちの友とその親友の話です。

金持ちの男が、遠くの地へ行くことになり、親友の貧乏《びんぼう》な男と送別の宴《うたげ》をひらきました。

（これでこいつとは、もう二度と会うことはないかもしれないな）

と、金持ちの男は、よっぱらって寝《ね》てしまっている貧乏な男を眺《なが》めながら思いました。

そして、生活にこまらないように、こっそり貧乏な男の衣《ころも》に宝石を縫《ぬ》いつけてから、遠くの地へ出発しました。

でも、そんな気配りに気づかないかれは、あいかわらず貧しく苦しい暮らしを、長くつづけたというのです。

話し終えた栄西は、

「道元《どうげん》よ。そなたは宝石を衣《ころも》に縫《ぬ》いつけられたこの貧乏《びんぼう》な男と、どう違《ちが》うのか？」

と言い、またカラカラと笑います。

栄西《えいさい》には、自分がもっている宝石（仏性《ぶっしょう》）を、道元はまだ見いだすことができないでいる、と考えたのです。

栄西は肉体のレベルではなく、魂《たましい》のレベルで生きている人なんですね。

かれは、こんなことも言っています。

「大いなる人間のこころかな。天よりも高く地よりも低く、日月の光よりもかぎりなく照らす」

……と。

道元は栄西の禅風《ぜんふう》にふれ、ついに「魂の清らかな人間」に出会った、という敬虔《けいけん》な気持ちになりました。

禅宗《ぜんしゅう》を重んじる建仁寺《けんにんじ》は、これまでの比叡山《ひえいざん》の寺々での修行《しゅぎょう》とはすこし異なるやり方で、坐禅《ざぜん》、禅問答、経典《きょうてん》を中心に仏道をはげむものです。

しかし、それでも、道元にとって仏の教えについての疑問を、すべて解消するには不十分でした。

道元は、

「はたして、ここでやっている禅は、まことの仏法にかなったものであろうか」

と、また思《おも》い悩《なや》むのです。

まるで、宇宙のブラックホールのなかを行くみたいに、どこまで行っても先が見えないような状況《じょうきょう》……。

道元の師となったのは、栄西の法をついだ明全《めいぜん》という名僧《めいそう》です。かれは八歳《さい》のときに比叡山の仏門に入り、その後、栄西のもとに参じました。

明全が優《すぐ》れた禅僧である、と道元が思ったのは、弟子《でし》に対して教えをほどこしている光景を見たときのことです。

ある日、坐禅修行《ざぜんしゅぎょう》をしている弟子《でし》に、こんな教導をしたのです。

明全《めいぜん》は晴れた日に、ただまんぜんと坐禅に取り組み、「仏性《ぶっしょう》」を得ようとしている弟子の一人を、寺の外につれだしました。

そして、庭にころがっていた瓦《かわら》をいきなり磨《みが》きはじめたのです。

「明全さま、何をなさっておられるのですか？」

「見ればわかるだろ？」

「はい。瓦をしきりに磨いておられます」

「そうだ、これを磨いて、鏡を作ろうと思っている」

弟子はあきれた顔をして、

「瓦を磨いて、それがどうして鏡になどなるんですか？」

「ほう、そうか。それならそなたにたずねるが、ただ坐禅をするだけで、どうして仏性が得られると思うのか？」

「……」

「そなたがやっていることは、たんに瓦を磨いておれば、それは鏡になる、ということではないのか？」

明全は弟子に、

「修行をして、まず仏性を得ようとするまえに、そなたのこころを磨いてカガミのようにしなさい」

と教えたのです。

道元《どうげん》はこの光景を見て、何かの光が胸をさっとよぎるのを感じました。明全の信仰《しんこう》の奥深《おくぶか》さ、正しさを知って、一種の感銘《かんめい》を覚えたのです。

道元はここで五年ほど修行をしましたが、明全に海外留学の話がもちあがっているのが耳に入りました。

「これはチャンスだ！」

と、道元が思ったのもムリありません。

明全《めいぜん》が望んでいる留学先は、大陸の宋国《そうこく》（中国）で、日本の仏教はその地からつたわったものなのです。

正しい仏の教えも、その地にゆけば、かならず見つかるに違《ちが》いありません。この国の先輩《せんぱい》たち、最澄《さいちょう》や空海《くうかい》も海外留学をはたし、この国の仏教に革新的なものをもたらしました。

「わたしも宋国で、学ばせてください」

と、ひっしに願いでました。

道元《どうげん》のなみなみならぬ才能を見抜《みぬ》いていた明全は、その要望をこころよく承諾《しょうだく》。

でも、その明全の留学を、ストップさせるような重大な事態が起きました。かれの師である阿闍梨《あじゃり》（高僧《こうそう》）が、死の床《とこ》にあったのです。

「明全よ、宋国にゆくのを、いましばしとどまってくれぬか。わしの命ももう長くはない。そなたには、このわしの最期《さいご》を見とどけてもらいたいのじゃ」

と、声をふりしぼり、そう懇願《こんがん》するのです。

明全は、こころから悩《なや》みました。

「恩になった師匠《ししょう》を見捨ててはいけない。それは人間としてはできないことだ」

と、一度は、そう思います。

でも、またその一方で、

「この時期をのがしたならば、もう宋国に留学する機会は、二度とおとずれないかもしれない。師匠には申しわけないが、義理、人情にとらわれるべきではない」

という声もあります。（❖死者は死者に葬《ほうむ》らせよ。死は地上で苦労したことに対するホウビだ、というよ。）

こんな話があります。

唐《とう》（中国）の国の慧能《えのう》という僧侶《そうりょ》は、もとは貧しいキコリでした。幼くして父親をうしない、母親に育てられました。それが街の十字路で金剛経《こんごうきょう》の一節を耳にしたとたん、たちまち出家を決意し、大恩ある老いた母親を捨ててまでして、仏の道に身を投じました。

明全《めいぜん》のこころには、そのときの慧能《えのう》の姿が、まざまざと浮《う》かんでくるのです。

当然、道元《どうげん》もじりじりしながら、明全の決断を待つことになります。

そして、明全は、やがてこう思案しました。

「人間の命は永遠であって、この世だけでなくあの世までも、姿、形を変えてつづくものだ。この世での別れは、一時的なものにすぎない」

明全は、こうして迷いに迷ったあげく、ついにこころを決めました。

「師匠《ししょう》の死が一ヶ月後であれ、半年後であっても、それで、この世での別れの悲しみが、さらに増すというものではない。

しかし、この留学の機会をのがして、仏僧《ぶっそう》として成長した自分を、見せることができなかったならば、それこそそれは師匠にとっても、最大の悔《く》いとなるに違《ちが》いない」

道元はこのときの明全の尊い決断を、師のありがたい恩として、いつまでも心にとどめておきました。

早春、道元は明全とともに、大陸の宋国《そうこく》へ向けて船出をしました。航路は種子島《たねがしま》、屋久島《やくしま》をまわって東シナ海を横断する、波濤万里《はとうばんり》をこえる危険な旅です。

大海の大波は鋭《するど》いキバとなって船におそいかかり、野獣《やじゅう》のごとく咆哮《ほうこう》します。一枚の葉っぱみたいな当時の船など、舵《かじ》などあってなきがごとし、ただもう波まかせとしか考えられません。

大波が来るたびに、天の高さまで押《お》しあげられ、ふいにまっさかさまに波の底の底まで落ちこんでいきます。

乗っている人間も、積んでいる品物と同様に、あっちにごろごろ、こっちにごろごろ、息つくヒマもないほどです。船酔《ふなよ》いと、おまけにひどい下痢《げり》に悩《なや》まされます。

それでも、道元《どうげん》は負けません。船の中で道元はひたすら坐禅《ざぜん》して乗り切ろうとしました。

生と死を離《はな》れた心境になろうと、ただただ坐禅に没頭《ぼっとう》。生きることに執着《しゅうちゃく》しなければ、死も入りこむ余地はないのです。

むろん、坐禅をしていても、じっと坐《すわ》っていられるものではありません。大波が来るたびに、だッと、まるごと体がふっとびます。そのたびに姿勢をあらため、呼吸をととのえ、坐禅しようとがんばります。

道元は、

「海の悪魔《あくま》よ。われを沈《しず》めるならば、沈めたまえ。かならずや、われは仏の加護を得て、この波をしたがえ、風をしたがえ、仏の教えを求めて宋国《そうこく》へわたるぞ！」

と唱えたのです。

そして、ついに一二二三年四月に、宋国にぶじにたどり着くことができました。海の悪魔とのたたかいに勝ったのです。

道元はこの宋国の天童景徳寺《てんどうけいとくじ》で、如浄禅師《にょじょうぜんじ》という素晴《すば》らしい師匠《ししょう》から教えを受けるわけですが、そのまえに、かれはこれまでの自分の仏道修行《しゅぎょう》に対する考え方を、こなごなに打《う》ち壊《こわ》される体験をしました。

それは寺で典座《てんぞ》（料理番）をつとめる僧《そう》との出会いです。かれが宋国の港についた船にとどまっているとき、一人の老僧が訪ねてきました。

「もし、この船にシイタケがあるならば、すこしゆずってもらえませんか」

と懇願《こんがん》するのです。

道元はわざわざ訪ねてきてくれた年寄りの典座僧に、いろいろ質問をしたいと思ったので、

「ぜひ、この船に泊まっていってください」

と頼《たの》みました。

「いやいや、そうもいかんのです。食事を作るのが、わたしの役目なのです。今晩の食事も、わたしが作ることになっているので」

「でも、あなたの大寺ならば、典座《てんぞ》をやる人もまだ幾人《いくにん》もおられるのでしょう？　かわりの人が役割をやってくださるのではありませんか？」

するとと、老典座は笑って、

「わたしが、今、典座の役割をはたさずして、いつそれをはたすと申されるのですか。ほかの人間が食事を作れば、それはわたしの修行《しゅぎょう》にならないではありませんか」（❖百丈禅師《ひゃくじょうぜんじ》の、「一日働かざれば、一日食らわず」だ！）

「けれど、あなたのお歳《とし》ならば、そんな典座の仕事などなさらず、坐禅《ざぜん》や経典《きょうてん》を学ぶことの修行に専念なさるべきではありませんか？」

道元《どうげん》がそう問うと、今度は、老僧《ろうそう》はいきなり大笑いをして、

「外国のお偉《えら》い方、あなたはまだ修行がなんたるか、文字というものがなんた

るかを、ご存じないようだ」

そうずばっと言うのです。

道元は頭からつめたい水を、いきなりぶっかけられた思いになりました。

「それでは修行とは、文字とは、いったいどんなものなのでしょうか？」

「修行とはあるがままの日常のおこない、日常のいっさいが修行。文字とは、たんに一、二、三、四、五というだけのものです」（❖つまり、山はただこれ山、水はただこれ水だ！）

道元は、はっ、となりました。

これまでかれは、修行や経典の文字を、何か特別なものとしか思っていなかったのです。

その根底にある深い意味も考えず、ただ表面の意味だけを、ひたすら頭で信じこんでいたのです。学ぶことだけが大切なのではなく、日々の実践《じっせん》にうつすことも重要である、ということなのです。

自分のあさはかさを、みごとこの老僧《ろうそう》に言いあてられ、道元《どうげん》は深く恥《は》じいりました。

道元は大陸での修行《しゅぎょう》の第一歩として、ややのあいだ、自分が学ぶ寺（師匠《ししょう》）を探し求め、北の杭州《こうしゅう》、南の台州《だいしゅう》などにある多くの寺々を、訪ね歩きました。

「たとえ七歳《さい》の子どもであっても、自分より優れているならば、その教えをこうだろう。もし、百歳の老人であっても、自分より劣《おと》っているならば、その老人を教えるだろう」

というのが、道元の信念なのです。（❖赤ん坊が知っていることでも、八十歳の老人が実行できないことだってあるからね。）

そして、道元は奥山《おくやま》にある貧しい山寺にたどり着いたのです。そこには鶴《つる》のようにやせた老禅師《ろうぜんじ》が一人だけ、ぽつんといました。

かれは道元を見ると、さっそく禅問答を挑《いど》んできました。

禅問答は論理では解けません。こころの内を直感する能力が必要になります。「悟《さと》り」を得ようとすると迷路に入ってしまうのと同様で、禅問答を解くには異次元の迷路のなかをさまよい、一筋の光を見いださなければなりません。

「禅とは何か？」

と、老僧が問います。

「ナベの中の煮《に》えたぎる油のごとし」

と道元が答えます。

「ふたたび問う。禅とは何か？」

と、老僧。

「二匹の猿《さる》が木の上で、たがいに尾《お》をむすんでぶらさがることなり」（❖なんのことじゃ？）

と、道元。

老僧は警策棒《けいさくぼう》ではげましを与《あた》えるために、バシッと道元の肩《かた》を打ちます。

打たれた道元《どうげん》は、合掌《がっしょう》し拝礼をします。

「仏とは何か？」

と、老僧《ろうそう》はあらたな問答に挑《いど》みます。

「かわいた糞《くそ》だ」

と、道元。

老僧は、に、と笑います。

「ならば、仏法とは何か？」

「雲は天にあり、水は瓶《かめ》にあり」

「ふたたび問う。仏とは何か？」

道元は手の指を一本だけ立ててみせます。

「最後に問う。そなたはわざわざ異国の地よりやって来て、こんなふうに寺々をめぐるのは、なにゆえか？」

老僧は鋭《するど》い剣先《けんさき》をつきつけるような口調。

道元はしばし沈思黙考《ちんしもっこう》し、

「橋は流れても、水は流れず」

と無心に答えます。

「ふむ。黒い橋は流れても、白い犬は流れず、か」（❖うーん。ここで白い犬を出してきたか？）

でも、老僧はまだ納得《なっとく》しない様子です。

今度は、道元が老僧の肩《かた》を、警策棒《けいさくぼう》ではげしくうつ番です。……二十棒も。どうですか？　この二人がかわした禅《ぜん》問答の戦いは、もうほとんどパラレルワールドの出来事のようですよね？

でも、二人とも体じゅうの生気をつかいはたし、すっかり疲労困憊《ひろうこんぱい》しつくした様子になりました。

道元は異国のさまざまな寺を、数ヶ月にわたって訪ね歩きました。

自分が師事したいと思う高僧《こうそう》を探してまわったのです。

そして、やがて、ある寺の住職が、

「最近、天童山《てんどうさん》の寺に偉大《いだい》な僧侶《そうりょ》が、あらたに住職として入られたそうな。たしか、その高僧の名は、如浄《にょじょう》、といったとか」

と教えてくれました。

道元《どうげん》は、さっそく如浄のいる天童山の寺に向かいました。その寺は数百人、数千人の僧がいる大寺でした。

日本から道元と一緒《いっしょ》にやって来た建仁寺《けんにんじ》の明全《めいぜん》もそこにいました。

…………………。

道元は、ついに生涯《しょうがい》の師となる人を見つけることができたのです。

天童如浄《にょじょう》、この人ほど、素晴《すば》らしい和尚《おしょう》はおりません。かれは仏道をはげむ者が、どこの国の人か、男か女か、少年か年寄りか、などという考えはまったく頭にはありません。

かれは皇帝《こうてい》などの政治権力に近づかず、名利や名声も求めず、いつも質素な僧衣《そうい》をまとった孤高《ここう》の僧侶《そうりょ》。

十代のときから坐禅《ざぜん》の修行《しゅぎょう》を始め、一日たりとも坐禅しない日はなく、岩の上ですらじっと坐《すわ》って瞑想《めいそう》することもあるのです。

師匠《ししょう》となったその如浄もまた、遠い日本からやって来た道元をひと目見たとたん、

「この若者は傑物《けつぶつ》だ！」

と見抜《みぬ》きました。


さわやかな秋風が大野に、しょうひょうさっさっと吹《ふ》きわたります。

ある日、寺の禅院《ぜんいん》で古人の語録を読んでいたときのことです。四川省《しせんしょう》から来ていた僧《そう》が、道元にこうたずねました。

「そんなに本を読んでばかりいて、それでなんの役に立つのですか?」（❖雪

の上に霜《しも》を加えたとしても、それでどうなるの？）

「国に帰って、人に教えるためです」

「そうやって、なんの役に立つのですか？」

「大衆に利益をもたらそうと思っているのです」

「はて、結局のところ、それでいったいなんの役に立つというのですか？」

道元《どうげん》は問いつめられ、答えができなくなりました。

そして、このとき、道元の頭をかすめるものがありました。

建仁寺《けんにんじ》にいた栄西《えいさい》から聞いた、

「大いなる人間のこころかな、天よりも高く地よりも低く、日月の光よりもかぎりなく照らす」

という言葉です。

この四川省の僧も、

「文字知識を習得し、それをもとに大衆を教えさとそうと考えておられるようだが、それは間違《まちが》いです。そんなことよりひたすら坐禅《ざぜん》に専念し、天地自然の真理を説き明かすべきではありませんか」

と言いたかったのでしょう。

天地自然の真理とは、栄西の言った「天や地をしのぎ、太陽や月の光にも負けぬ人間のこころ」という意味なのでしょうか。

文字知識だけを溜《た》めこみ、それに縛《しば》られるようになると、今度はその知識と敵同士になってしまうのです。(❖アサガオはアサガオ自身にからみつくからね。)

いくら言語を知りつくしても、言語では示しえない世界があるのです。あなたも「知識バカ」になってはいけません。

道元の師匠《ししょう》となった如浄《にょじょう》は、

「焼香《しょうこう》することも礼拝することも、文字知識に頭をつかい、念仏を唱えることも重要視することはない。ただひたすら坐《すわ》ること、只管打坐《しかんたざ》をせよ。さまざまな欲望を捨て去り、こころをひたすら平安清浄《せいじょう》にして、身心脱落《しんじんだつらく》し、無心になって坐禅《ざぜん》せよ」

と命じるのです。

その修行《しゅぎょう》は峻烈《しゅんれつ》なもので、ほとんど昼夜の坐禅を強《し》い、眠《ねむ》っている僧《そう》を見つけると、いきなりスリッパで殴《なぐ》りつけ、

「この愚《おろ》か者《もの》め!!」

と、猛烈《もうれつ》にののしり怒鳴《どな》りつけたりします。

またぼうっとただ坐《すわ》っている僧を見つけると、

「そなたはそうやって坐禅をして、何をめざしているのか」

と、如浄。

問われた弟子《でし》はぎくっとなり、まじめな顔で答えます。

「はい。こころの内に仏性《ぶっしょう》を見いだし、仏のような人間になりたいと思っております」

「そうか。仏性をな？」

「はい。仏性は人間にとって根源的なもの、生きてゆくうえで最も大切なものと言われておりますから」

「確かに、そうだ」

ここでいう仏性とは、禅にいう「本来の面目《めんもく》（まことの自分）」のことでもあるのです。

仏性はたとえていえば、楽器に生じる音色のようなもの。楽器をバラバラにして部品の中をいくら探してみても、音色は見つかりません。

でも、部品を組み立て楽器として完成すれば、また音色を生じさせることができます。

仏性もこうして人間の心身が浄化・統一されて、初めてこころに出現するものなのでしょう。

「ふうん、なるほどな。それで、仏性を見いだせば、仏のようになれるというのだな」

「はい。当然のことです」

弟子《でし》は目が覚めたように、こうぜんと胸を張って答えます。

「しかしな、そなたが考えている仏とは、ただの名前にすぎぬ。仏になろうなどとする執着《しゅうちゃく》があるかぎり、そなたは仏にはなれぬ。仏は無心な人間を好むものじゃ」（❖花は無心にして蝶《ちょう》を招き、蝶もまた無心にして花を訪ねる、と言いますからね。）

それを聞いた弟子は、はっ、となって、

「そうですか？　ならば、わたしはひっしになってがんばって、なにがなんでも無心の境地になってみせます」

「そのようなひっしの無心には、仏はおらぬ」

弟子はぽかんとした顔をして、如浄《にょじょう》を眺《なが》めるだけです。

道元《どうげん》は弟子とやりとりするその如浄を見て、ますますかれを偉《えら》い禅師《ぜんじ》だと、敬愛の念を深めたのです。

坐禅《ざぜん》をするには、常にあらたな気持ちでとりくまなければなりません。

「ホトトギス　いつも初音の　心地《ここち》する」

という心境です。

人間は過去や未来に思いをはせたりしますが、でも、過去や未来などというものは存在しないものなのです。

あなたが「未来」について想《おも》うから未来になり、「過去」を想うから過去になるのです。

「たとえ、明日、世界が滅《ほろ》ぶとしても、わたしは今、リンゴの木を植える」

これが今を生きようとする人間の成すことなのです。

「明日のことを思《おも》い悩《なや》むな。明日の日のことは明日がみずから思い悩むであろう」

つまり、過去は過ぎ去ったもの、未来はまだ来ないものなのです。（❖カガミだって今あるものだけを映し、過去や未来のものなんか映したりはしないからね。）

それゆえ、人間は常に、「今の今」だけを生きている存在だ、といえるのです。「今の今」を刹那《せつな》と言います。

その刹那には、生きるだの死ぬだのということはありません。ただ刹那があるだけです。

つまり、「今の今」には時間も空間もなく、過去、現在、未来のすべてが融《ゆう》合《ごう》したものともいえます。

道元《どうげん》も、「今の今」、刹那だけに意識を集中し、昼夜を問わないきびしい修行《しゅぎょう》に熱中します。

そして、そんな過酷《かこく》な鍛錬《たんれん》をおこなうことで、かれの魂《たましい》（霊魂《れいこん》）は、しだいに進化し浄化《じょうか》されていくのです。

月日はあっという間に過ぎ去ります。

道元にとって大事な師であり、霊妙光輝《れいみょうこうき》のこころの持ち主でもある明全《めいぜん》も、留学して三年目に亡《な》くなりました。（❖逝《ゆ》く者はかくのごときか、昼夜をおかず。）

人間の命ほど当てにならないものはありません。今日は生きていても、明日ぽっくりと死んでしまうかもわからないのです。これは十五歳《さい》の少年であろうと、七十歳の老人であろうと同じことです。

空高くいようと海の底にいようと山の洞窟《どうくつ》に隠《かく》れようとしても、死の仏力が及《およ》ばぬところはないのです。

宇宙の神秘をことごとくあつめた肉体であれ、どれほど医学が進んだ時代であれ、死に神（無常の殺気）の到来《とうらい》をふせぐことはできません。

人間誰《だれ》もが死に神におそわれ、その魂《たましい》は本源に還《かえ》っていくのです。

明全《めいぜん》のおかげで、道元《どうげん》はこの宋《そう》の国に、やって来ることができたのです。かれは、涙《なみだ》ながらにその臨終《りんじゅう》に立ち会いました。

あの世に旅立つ明全は、その瞬間《しゅんかん》、道元を見つめ、自分の意思をしっかりつたえようとしました。

うらを見せ　おもてを見せて　散るもみじ

道元は合掌《がっしょう》をして、こころをこめて、あの世へと旅立つ霊人《れいじん》となっている師《し》匠《しょう》にお別れをしました。（❖死んだ日は、生まれた日に勝《まさ》るというよ。）

人間は多くの生き物と同様に、病にかかるときは病にかかり、死ぬときがきたら死ぬのが自然だ、という信念が道元にはあるのです。

道元は師の遺体を荼毘《だび》にふすことにしました。

人間の肉体というものは、物理学的にいうと粒子《りゅうし》の存在であり、ふわふわした波動でもあります。

ですから、明全の遺体もあっという間に、焼かれてなくなってしまいました。道元は、その遺骨を抱《だ》いて帰国することにしました。

師匠の如浄《にょじょう》は道元に、自分の後継者《こうけいしゃ》である証《あか》しとして「嗣書《ししょ》」をさずけました。嗣書というのは、悟《さと》りを得た者の証明書のようなもの。

師匠と弟子《でし》はひとつとなり、二人の悟りも、ひとつのものとなるのです。

如浄の惜別《せきべつ》の言葉です。

「道元よ、日本にもどったならば、布教につとめ、大衆を救い、国王や大臣などとは懇意《こんい》にせず、ただ深山幽谷《しんざんゆうこく》に住み、すくない人数でよいから教育して、我が宗派を断絶しないようにしなさい」

こころから尊敬する如浄師匠に道元は礼拝して、その言葉を拝受しました。

道元をのせた船は、宋国の港を出ました。

水また水の大海は、ときにあらぶる神となり、人間が乗っている船を沈《しず》め、あるいはおだやかな神となり、さまざまな海の生き物の生命を育てます。

道元《どうげん》の船は宋国《そうこく》にわたったときと同じ、やはり航海中、大嵐《おおあらし》に遭遇《そうぐう》し困難をきわめました。

でも、道元が甲板《かんぱん》で坐禅《ざぜん》し、観音さまのお経《きょう》を唱えたところ、たちまち観音さまが蓮《はす》の葉に乗って、大海の波間に浮《う》かんだのです。（❖海ならず　たたえる水の底までも　清きこころを月ぞ照らさん……。）

やがて、大風や荒波《あらなみ》もおさまり、船はぶじ、肥後《ひご》（くまもと）の川尻《かわじり》という地に到着《とうちゃく》することができました。

道元、二十七歳《さい》のときのことです。

3

あらたな道

これまでの先達たち、最澄《さいちょう》や空海《くうかい》はたくさんの経典《きょうてん》を、帰国土産《みやげ》として持ち帰りました。それが留学した成果でもあったのです。

これに対し道元《どうげん》は何も持たず、人間の顔は「目は横にあり、鼻は縦にある」という禅《ぜん》の神髄《しんずい》を悟《さと》って、身ひとつだけで帰国しました。

目は横で鼻は縦にある、ということの「何事もあるがままに」という精神を大切に受けとめることこそ、仏教の教えの根本なのです。

「この自分は、経典一巻すら持参しないが、ただ、正しい仏法だけは、しっかりと身につけてきた。それで充分《じゅうぶん》だ」

という強い思いがあったのです。

たび重なる戦乱と飢餓《きが》に、人々はあらたな仏法を求めているのです。その正しい仏の教えで大衆を救済しようと、道元はこころを燃やしました。

帰国後の落ち着き先は、やはり京都の建仁寺《けんにんじ》しかありませんでした。しかし、その寺にはもう栄西《えいさい》も明全《めいぜん》もおりません。

寺の空気は乱れきっており、道元はそこではただ虚《むな》しさだけを感じ、違和感《いわかん》を覚える毎日になりました。

建仁寺には、清貧のなかに仏道を求める雰囲気《ふんいき》が、すっかりうしなわれてしまっていたのです。

道元の説く禅の思想は、しだいに建仁寺の僧《そう》たちのあいだに反発をうみ、かれは寺にいられなくなりました。そして、京都の南、深草の地にある極楽寺《ごくらくじ》の跡、安養寺《あんようじ》に移り住むことになりました。

夕されば　野辺の秋風　身にしみて
うづら鳴くなり　深草の里

そこはかれの母親、伊子《いし》の実家、松殿《まつどの》家の祖先の藤原基経《ふじわらのもとつね》が建てた寺でした。

道元はこのとき、三十二、三歳《さい》でした。

でも、ここに住んで、しだいに、

「坐禅《ざぜん》を重視とする禅をひろめるには、あらたな寺を建て、道場をこしらえなければならない」

と、道元《どうげん》は決意するようになりました。

（その寺が仏教の盛んでない今、迷っている人々がすこしでも仏法に縁をむすぶきっかけになれば……。）

と考えたのです。

あたらしい大きな寺は、極楽寺《ごくらくじ》の旧跡《きゅうせき》に建てることになります。この道元の構想を実現するには、むろん、かれ一人の力ではムリなことです。

でも、ラッキーなことに、支援《しえん》してくれる協力者もあらわれ、興聖寺《こうしょうじ》という新寺を建てることができました。

興聖寺が完成すると、さっそく本格的な修行《しゅぎょう》が始まりました。

信者も近郊《きんこう》からたくさんの人があつまってきます。禅の修行《しゅぎょう》で、公案（禅問答）も必要としますが、最も大切にしているのは坐《ざ》禅《ぜん》。仏像に焼香《しょうこう》をしたり、経《きょう》を読んだりすることよりも、ただひたすら坐禅をするように指導します。

坐禅をするときは、ひたすら黙《もく》し、何やかやとおしゃべりしてはいけません。めぐりあう春の風や秋のさえわたる月は、人間に沈黙《ちんもく》の言語で語りかけてくれます。

「維摩経《ゆいまきょう》」にある維摩居士《こじ》は、出家しない僧侶《そうりょ》ですが、智慧《ちえ》はバツグン。釈迦《しゃか》の弟子《でし》たちが、仏教の教理についてあれこれと論議をしていたとき、かれはひたすら沈黙を守りました。

このエピソードは、「維摩の一黙《いちもく》、あたかも雷鳴《らいめい》のごとし」とつたえられています。

そうです。沈思黙想する時間を得ることは、人間の魂《たましい》にとってもすこぶる有益なのです。

そうすることで神聖な意識に入り、汚染《おせん》された人格から一時的に魂《たましい》を解放するのです。


坐禅《ざぜん》をするには、脚は特別な組み方をします。

左足を反対の右のモモの上に、右足は左のモモの上に置く結跏趺坐《けっかふざ》。片足だけをそのようにする半跏《はんか》趺坐。

右手の上に左手を置き、タマゴをかかえるように、まるい輪の形をつくり、それをヘソの下（丹田《たんでん》）に置きます。

そのとき、「こころ」を左手のヒラに置くようにします。（❖タマゴではないのですから、ころがさないように……。）

坐禅は姿勢をきちんとして、目を半分開けて、朝、昼、夜と、それぞれ一本の線香《せんこう》の火が消えるまで、時光《じこう》を惜《お》しんで、ただひたすら坐《すわ》りつづけるのです。

これを只管打坐《しかんたざ》といいます。（❖龍《りゅう》が水を得たように、虎《とら》が山にどかっというように、坐るんです。）

坐禅によって、体もこころもリラックスさせ、純粋《じゅんすい》なものに、空っぽにするのです。これを身心脱落《しんじんだつらく》といいます。

ひたすら坐る、ただ坐る、死ぬ気で坐る。そして、こころを自然な呼吸にそわせるのです。あうん、の呼吸は大切で、それが息《い》の霊《ち》でもあるのです。

たとえお尻《しり》の肉がただれようとも、それは修行《しゅぎょう》が進んだせいだ、と喜ぶのです。（❖一週間を一日とみて、布団《ふとん》も用意しないで、ひたすら坐禅をする「摂《せっ》心《しん》」という修行もあるんですよ。）

頭髪《とうはつ》の火の粉をはらいのけるように、坐禅修行をします。

けど、そんなヘンな足の組み方をしていて、足が痛くならないかって？　痛くなりますよ、そりゃあもう。

でも、その痛みはあなたにとっての教訓。肉体が痛むのではなく、あなたの精神のエゴが痛むのです。

人間は考える動物。しかし、考えることによって、いろんな悩《なや》みが生じるのです。ですから、何も考えないようにします。（❖大好きな曲を聴いていると、耳では聴いていません。つい聴いているってことさえ忘れてしまいます。）

入門したての若い僧《そう》が、道元《どうげん》にこうたずねます。

「そのようにぴたりと坐《すわ》っておられるときは、何か考えておられるのですか？」

「何も考えないってことを、考えないでいる」

「その考えないってことは、どうすれば考えないですみますか？」

道元は答えます。

「それは考えることではない」（❖……？）

精神を集中させ坐禅《ざぜん》をしていると、自分の存在感すら消えてしまうようなこころの状態になり、これを禅定《ぜんじょう》といいます。（❖雨だれの音を聞いていると、いつか、自分とその音とがひとつになってしまう。おお、これが禅定か！）

別の言葉では、無念無想とか無心の境地とか呼んでいます。でも、そう簡単にはなれません。すぐにいろんなことが思いだされ、それが頭のなかを駆《か》けめぐるからです。

雑念、妄想《もうそう》が、まあつぎからつぎへと、どんどんひっきりなしに頭にわいてきます。（❖病は人を殺さず、されど、妄想は人をとり殺す、と言いますからね。）

そんなふうに妄想や迷いにとらわれるのは、こころにたっぷりホコリがついているからなのでしょう。

それほど、人間がピュアなこころの状態になるのは難しいことである、とも言えます。

「妖怪《ようかい》サトリ」というこんな民話があります。

一人の農夫が山に入って、大鎌《おおがま》で草を刈《か》っていると、そこにサトリ（悟り）という奇妙《きみょう》な生き物があらわれました。（❖どんな姿をしているかって？ 映画「猿《さる》の惑星《わくせい》」のなかに出てくる猿博士《はくし》かも。）

「これはめずらしい生き物じゃ。見せ物小屋にでも売れば、大もうけだな」

と、考えた農夫は、この生き物をなんとかつかまえようと考えました。

ところが、

「ふん、おっさんよ。おまえ、このオレをつかまえようとしているな」

と、サトリはそう言うのです。

しかも、
神秘的な動物で、不思議なことに人間のこころを読むことができるのです。

「どうだ、当たっただろ?」

と、けらけら笑います。

それを聞いた農夫は、むかっときて、

「こいつめ、大鎌で一撃《いちげき》のもとに倒《たお》してやろう」

と思いました。

すると、サトリは、

「やあ、やあ、今度はオレを殺そうと考えたな。おお、おっかないことじゃのう」

といってまた大笑いをするのです。

農夫は、負けた、と観念しました。

「これはとてもかなわんわ。こんなぶきみなヤツを相手にしておったんでは、日が暮れてしまう」

そう考えを変えて、仕事にかかることにしました。

「おっ、オレをつかまえるのを、あきらめてしまったか。そうか、気の毒になあ」

と、サトリはからかうように言います。

でも、もう農夫は相手にしません。元気をだして、一心不乱に草を刈《か》る仕事に集中します。頭からたらたら汗《あせ》まで流し、無心になって働きます。

と、とつぜん、高い悲鳴があがりました。

何かのはずみで、農夫の持っている大鎌《おおがま》が柄《え》から抜《ぬ》けて、ぽんと飛び出し、サトリの腰《こし》にぶちあたったのです。

青天の霹靂《へきれき》！

いくら神のように智慧《ちえ》のある生き物であっても、無心になって働いている農夫のこころまで、読むことはできなかったのですね。

あれほど自信満々だったサトリは、すっかり気落ちし、目もうつろになっています。

でも、そんなふうな妖怪《ようかい》サトリでも、真っ赤な夕陽に染まって神秘的な姿は、そのままだったそうです。

道元《どうげん》が建てた興聖寺《こうしょうじ》は、我が国で初めての坐禅《ざぜん》専門の道場のようなものです。この寺が建立《こんりゅう》されたと聞いて、孤雲懐奘《こうんえじょう》という僧《そう》が、道元の弟子《でし》になりたい、とやって来ました。かれはすでに禅僧としての実績のある僧です。道元と問答のすえ、その深くひろい知識に感服し、道元のもとに駆《か》けつけてきたのです。

弟子になった懐奘は道元が亡《な》くなるまで、かれの片腕《かたうで》となり、影の形に添《そ》うごとく師事しました。（❖道元と懐奘はソウルメイトか？）

かれのような熟練した僧が入門してくれるのは、大変ありがたいことで、これにより弟子たちの修行《しゅぎょう》を、さらに進歩させることができました。

この寺にやって来るのは、まだ仏門に入ったばかりの新人の僧も多いのです。興聖寺は仏教の寺なので、むろん、お経《きょう》を唱える行事もありますが、日々の主な修行《しゅぎょう》は、やはり、坐禅《ざぜん》。

でも、毎日毎日、坐禅、坐禅という修行に、

「こりゃ、きついわ。こんなふうに坐禅ばかり、いったいいつになったらこれに合格、卒業できるんだ？」（❖分け入っても分け入っても青い山、だ！）

などとこぼす者。

「何？　坐禅を卒業したい、というのか？」

と、道元《どうげん》はすっかりあきれてしまいました。

「はい。どうすれば、この坐禅が苦しいと思わなくなるのでしょうか？」

と新入りの僧《そう》は、しんけんな面持《おもも》ちです。

「それはだな」

「はい」

「人間が坐禅をするのではなく、坐禅が坐禅をしている、と思えるようになることだよ」

「はあ？」

4

公《こう》案《あん》の迷路を歩く

坐禅《ざぜん》が中心の道元《どうげん》の道場では、仏教の神髄《しんずい》である禅の奥義《おうぎ》を理解させるために、弟子《でし》たちを相手に、ときどき、ナゾナゾのような問答をしたりします。

つまり、禅問答、公案《こうあん》と呼ぶもので、これは「悟《さと》り」を得るための手段とされています。

たとえば、こんなふう。

道元と弟子の日光《にっこう》の問答、

「インドの達磨《だるま》という教師が、中国にやって来てつたえようとしたものとは、なんでありますか？」

「庭の柏《かしわ》の木だ」

と、道元。

これでは返答になっていませんよね。それと、どうして、ここで柏の木なんだろう、という素朴《そぼく》な疑問もわいてくることでしょう。

村のはずれの一本杉《すぎ》でも、神社の境内《けいだい》のくねくね松《まつ》でもいいはず。でもですね、富士山《ふじさん》に月見草がよくにあうように、達磨には柏の木がにあうのです。

（❖富士山には月見草？　どこのどいつが、そんなこと言ってるんだよ。）

庭にある柏の木の姿だけを、見てはいけないのです。目では見ず、こころで見るならば、その姿は見えていても見えないはずなのです。

つまり、この禅問答の意味を、理屈《りくつ》で考えようとしてはなりません。この言葉のもつ内容から、いちだんと遠ざかり、言葉を忘れ去る必要があります。

禅のモットーは、「言葉に頼《たよ》るな」です。つまり、理論で解ける課題ではないのです。

こころのなかの暗無に光を見いだし、ぴいんと神的に感得《かんとく》し、答えを導きだすものなのです。

つまり、禅問答というのは、答えを探して探し求め、苦しむだけ苦しみ、それでも答えを見つけることができず……。

そうして、どうにもならなくなって初めて、「悟りの光明の世界」にたどり着けることになるのです。（❖あなたにとって「まことの自分」探しも、そうなるのかも？）

ワンスモア。

「達磨《だるま》が中国に来て、何をつたえたかったのか？」

「庭の太い柏《かしわ》の木だ」

日光《にっこう》は道元《どうげん》にたずねます。

「それでは、生きとし生けるものすべてに、仏性《ぶっしょう》があるわけですので、柏の木にも仏性はあるんですね？」

「ある」

「それなら、どうして、人間にならず、柏の木なぞになっているんですか？」

「人間になれるけど、あえて柏の木になっているのだ」

「ならば、お聞きしますが、柏の木は、どのようなときに仏になりますか？」

「空が地に落ちるときだ」

「それなら、空はいつ地に落ちるのですか?」

「柏の木が仏になるときだ」(❖いったい、いつまでぐるぐるまわるつもりなんだよ?)

さて、さらにいま一度、

「達磨が中国にやって来て、何をつたえようとしたのですか?」

「庭にある太った柏の木だ。柏の木に聞くがよい」

と、道元《どうげん》。

すると、日光はまた、道元に質問します。

「あの……それでは、柏の木がしゃべる言葉を聞け、と申されるのですね?」

「そうだ」

「どんな言葉を話すのですか?」

「無言の言葉だ」(❖この木が達磨のメッセンジャーだったとは、魂消《たまげ》た!)

「では、どうすれば、その言葉を聞くことができますか?」

「柏《かしわ》の木に成り切ることだ」

「わたしが柏の木に成り切る⁉」

「なれぬか！」

日光《にっこう》は顔面蒼白《そうはく》になって思案します。

（成り切るには、どうしたらよいのか！）

（今の自分がかぶっている殻《から》を、ひとつひとつ剥《は》ぎ落《お》としていったら、よいのだろうか？）

「ささ、言え、言え」

「あのう……、柏の木ではなく、柳《やなぎ》の木くらいならば……」

道元《どうげん》は、一瞬《いっしゅん》、間をおいて、

「喝《か》ーっ！」

と、渾身《こんしん》の一喝を日光に浴びせます。（❖どう？　日光さん。自分のこころの深奥《しんおう》にいる何者かが見えました？）

今度はネコの禅《ぜん》問答、公案になります。

あるとき、日光が弟子《でし》たちをまえに、問答をしかけました。かれの右手にはコン棒《ぼう》がにぎられ、左手にはブチ猫《ねこ》。このブチは由緒《ゆいしょ》正しいネコに違《ちが》いありません。なんといっても、道元の禅寺で修行僧《しゅぎょうそう》とともに暮らしているのですから。（❖由緒正しいって？　ホントは橋の下からひろってきたノラなんだろ？）

日光は弟子たちに言いました。

「このブチはいずれネコ仏になれると思うが、どうして、そうなるか答えてみよ」

ネコ仏？（❖いったい、どういう仏《ほとけ》なんだ？）

日光は、さらに言います。

「もし、正しい答えがなければ、このコン棒でこのブチの頭をひっぱたくことにするぞ」

それを聞いて驚《おどろ》いたのは弟子《でし》たちではなく、ブチのほうです。

（なんで、このオレだけがこんな目にあわなければならないんだ。このオレのどこが悪いってんだ）

と、しきりに鳴いて訴《うった》えます。

でも、ネコ語がわかる人は、ここにはいません。

「よくわめきたてるバカ猫《ねこ》だ」

というくらいにしか思われません。

一方、弟子たちもまた、どうしたらネコが仏になれるのか、と正解を求めて、ああだ、こうだ、と右往左往しております。

まるで、切り立つ崖《がけ》で木の枝を口にくわえて、宙づりになっているようなもの。（❖口を開けると、たちまちすとんと落下してしまいます！）

「ささ、どうだ、どうだ」

と、日光《にっこう》は迫《せま》ります。

ブチもその様子をハラハラしながら眺《なが》めています。ふりかかった災難からのがれるには、この弟子たちの答えにかかっているのです。

「ささ、どうか、どうか」

と、日光は、またもや迫《せま》ります。

弟子たちは、まだ正解が見つからず、ぶつぶつ繰《く》り言《ごと》したり、焦《あせ》りのあまり額に汗《あせ》までかいています。そして、ついに時間切れ。

バカッ！（ブチがコン棒《ぼう》で頭を殴《なぐ》られた音。）

ブチはニャんともいえない悲鳴をあげ、いちもくさんに逃《に》げ出《だ》しました。

後日のことです。

日光は親しい僧《そう》、月光《がっこう》に、

「そなたがあの場にいてくれたならば、ブチの頭をたたかずにすんだかもしれないな」

と嘆《なげ》いて、そのときのことを話しました。

するとそれを聞いた月光《がっこう》は、いきなり足にはいていたスリッパをぬいで、それを頭の上にのせて、すたすたと向こうに行ってしまいました。(❖魔術的《まじゅってき》なパフォーマンスだ！)

ぽかんとして、その姿を眺《なが》めていた日光《にっこう》は、やがて、

「うん、そうか」

と、合点しました。

コン棒で殴《なぐ》るべき相手はネコではない、人間たちのほうだったのだ!!

それを悟《さと》った日光は、かたっぱしから弟子《でし》たちを殴り、それから自分を、逆に弟子たちに嫌《いや》というほどぶん殴らせたそうです。

なんの罪もないのに、頭を殴られたブチは、その後、どうなったのか？

その行方《ゆくえ》はさっぱりわかりません。

ただ風のウワサによると、ここから十キロ離《はな》れた鳶谷村《とびたにむら》で、托鉢《たくはつ》をしている

ブチの姿を見た、という情報があります。

水辺に眠《ねむ》り、風のごとくさまよう雲水（修行僧《しゅぎょうそう》）ネコです。

さすが、道元《どうげん》の禅寺《ぜんでら》で修行していたネコだけのことはあります。（❖……まさかね。）


つぎは牛のシッポの公案です。

入門したばかりの弟子が、道元のもとに駆《か》けつけてきました。

「道元さま、実に奇妙《きみょう》なことが起こりました」

と、顔色を変えています。

「どうか、お聞きください」

と、弟子は不思議な話をしたのです。

それはこうです。

ある日、弟子が知人の家で窓の外を眺《なが》めていると、大きな白い牛が通っていったそうです。

　牛は通り過ぎるとき、さも意味ありげに、かれの方をじっとみました。

「ところがです。道元《どうげん》さま」

「うむ」

「その牛は頭も胴体《どうたい》も四本の足も、すべて通り過ぎたのに、なんと小さなシッポだけが残ったままなんです」（❖クラゲの骨を見たような感じだったんですね。）

「ほう、シッポだけが頭や胴体には、なんの断りもなしに、別行動をしたというわけか」

「はい」

「なんとふとどきなシッポだな」

「はあ、まあ」

「そんなこざかしいシッポなど許せぬ。いっそのこと、ちょん切ってしまえ」

「えっ」

「シッポがあろうとなかろうと、牛は牛だ」

「はあ、それはまあそうですが」

「大きな木を一本抜《ぬ》いたところで、森は森だ」

「まあ、そうですね」

「ダメな僧《そう》を四人や五人、門の外に放りだしたからといって、興聖寺《こうしょうじ》は興聖寺だ」

「えッ！」

でも、結局、修行《しゅぎょう》に不熱心な僧で、門の外に放りだされたのは、一人だけですんだそうです。

冬から春になります。冬が春に変わったのではありません。冬は冬、春は春、それぞれ別のものなのです。冬が終わるまえに、すでに春は来ているのです。

タキギは燃えて灰になります。けれど、灰はタキギのナレノハテではありません。タキギはタキギ、灰は灰なのです。タキギは灰になれば、もうけしてタキギにはもどれません。

人間の生死も同様です。

生は生であり、死は死であり、それぞれ別個のものなのです。生きることに初めと終わりがあり、死にも初めと終わりがあるのです。

…………。

弟子《でし》たちは村々を歩きまわり、喜捨（お布施《ふせ》）を願うことがあります。これも大切な修行《しゅぎょう》のひとつなのです。

月に幾度《いくど》も、数人の僧《そう》が托鉢《たくはつ》のためにそろって出かけます。

事件が起きたのは、そのときのことです。

「大変です、道元《どうげん》さま。新人の道喜《どうき》が神隠《かみかく》しにあいました！」

サプライズ！

神隠しというのは、人間が、とつぜん目のまえから、ふいにいなくなることです。

事件の当事者の道喜は、問題児といわれている僧です。

真冬の大寒の季節に、寺のまえで焚《た》き火《び》をしている者がありました。見ると、まだ入門したばかりの道喜という新米の僧。

「何を燃やしているんだ」

と、いぶかしく思った先輩《せんぱい》の僧が、よく見ると、なんと寺にあった木造の仏像が、炎《ほのお》をあげているではありませんか。

仰天《ぎょうてん》した先輩の僧は、

「おまえ、なんてことをするんだ。いくら寒いといっても、尊い仏像を燃やすバカが、どこにいる！」

と、大声で怒鳴《どな》りつけました。

すると、大変なことをしてしまった、と後悔《こうかい》し、大謝りに謝るのかと思うと、

道喜《どうき》は平然として、

「あの、いけないことでしょうか。仏像を燃やしているのは、尊い仏の舎利《しゃり》（骨）を得たい、と考えて、こうしているんですけど」

と答えます。

それを聞いた先輩《せんぱい》の僧《そう》は、ますます怒《おこ》ります。

「何が、舎利だ！　そんなことで仏の尊い舎利などがとれるはずはなかろうッ。おまえはアホか！」

すると、道喜は、

「ならば、舎利がとれぬとあらば、この木像はたんなるマキではないですか」

と、笑ったというのです。

その話を聞いた道元《どうげん》は怒ることも忘れて、

「あの道喜という新人は、とんでもないバカか、天才的な男であるかもしれないな」

と思ったのです。

神隠《かみかく》しというのは、千古万古の大昔からあるナゾの現象です。托鉢《たくはつ》僧たちの一行が、神呼び村というところに、托鉢におとずれたときのことなのです。その村に流れている神信川《かみのぶがわ》という川があり、そこにかかる丸太の木橋。その橋をわたっているとき、道喜の姿が、とつぜん、す、と消えてしまったというのです。

おそらく道喜は、宇宙空間にあるトンネル、ワームホールとかを通って、別の次元の宇宙・パラレルワールドにでも、行ってしまったのでしょう。最新の物理学の理論によれば、今の宇宙とは別に、自分とそっくりな人間までいる宇宙や、次元も十次元、十一次元の世界まであるというではありませんか。

数ヶ月後、神隠しにあった道喜は、姿を消した丸太の木橋のところで、ぽつんと立っているところを発見されました。かれも自分が姿を消したことについては、何も覚えていませんでした。

人間は次元を超《こ》えたり、別の宇宙に行ったりすると、その記憶《きおく》が完全に消えてしまうらしいんですね。

でも、それからの道喜《どうき》は、はるか遠く宇宙の果てにいる何者かに問いかけるような、そんなエイリアンふうのシグサをたびたびしていたとのことです。


道元《どうげん》は布教が目的で、村人たちとよく交流します。あたらしくできた寺では、信者を増やすためにも、そのようなプロモーションをすることが大切なのです。民衆と接することは、世間の汚濁《おだく》に染まるということです。そんな世俗《せぞく》のホコリにまみれては、僧侶《そうりょ》としての修行《しゅぎょう》の妨《さまた》げになるではないか、という意見もあります。

でも、考えてみてください。あまりに清潔なきれいな地には、植物は芽を出すことはできません。汚《よご》れた泥《どろ》のような地にこそよく育ち、みごとな花が咲くのです。

ある日、道元が訪ねた家には、病人の老婆《ろうば》がいました。もう姥捨《うばす》て山《やま》に捨てられる歳《とし》なのですが、親孝行の家長が、そうせずに家で養っているのです。

この老婆は元気なころ餅売《もちう》りをやっていて、ある日、高僧《こうそう》に道で会ったそうです。

「婆《ばあ》さんや、わしにも餅をひとつ売ってもらえんかね」

と、高僧は言います。

「ああ、いいよ。ところで、お坊《ぼう》さん、あんたが持っている、それはなんですかね?」

「ああ、これか。おまえなんかは知らないだろうが、これは金剛経《こんごうきょう》というありがたいお経の本だよ」

「ああ、そのお経なら昔、聞いたことがありますわ。ところで、お坊さんにおたずねしたいことがあるんだけどの」

「そうか、なんでも聞くがよい。答えてやろう」

と、高僧《こうそう》は胸を張ります。

「ならば、聞くが、そのお経《きょう》のなかには、(現在のこころはとらえようがなく、過去のこころも、未来のこころもとらえようがない)という文句があるそうだが、おまえさん、いったいどのこころをとらえて、この餅《もち》を食べるつもりなんかね？　もし、それに答えられなければ、餅を売ってはやらないよ」

う〜んと、高僧は餅を食べるまえにノドをつまらせ、頭をかかえて悶絶《もんぜつ》したそうです。

立場が逆転……高僧より老婆《ろうば》のほうが真理を悟《さと》っているのでしょうか？

道元《どうげん》も、

「あなた自身のこころを知れ！」

と説くように、人間のこころほど理解しにくく、とらえどころのないものはありません。

ここにあるかと思えば、もう別のところに移っています。未来にいるかと思えば、たちまち過去に飛んでいるのです。

老婆は自分の実体験として、そんな人間のこころの真理を、高僧に教えてやったのでしょう。（❖聖者になるには、学識と愚《おろ》かさを棄《す》てよ！）

こうして、道元が初めて建てた興聖寺《こうしょうじ》は、順調に信者も増えていき、大寺院になる可能性もでてきました。

道元の独自の禅風《ぜんふう》を慕《した》って、優秀《ゆうしゅう》な弟子《でし》たちもあつまってきます。道元の片腕《かたうで》となっている懐奘《えじょう》と同じように、禅宗の僧としてキャリアのある義介《ぎかい》、義尹《ぎいん》、義演《ぎえん》らも入門してくれるようになりました。

また道元が、一世一代の名著、「正法眼蔵《しょうぼうげんぞう》」の構想を練り、その著作に手をつけはじめたのも、このころです。正しい禅の仏法を説く本書は、七十五巻に及《およ》ぶ内容となり、晩年まで書きつづけられました。

かれの独自の仏教哲学《てつがく》を述べたこの著作は、後年には海外の哲学者にも、影《えい》響《きょう》を与《あた》えたといわれています。

でも、道元《どうげん》の期待に反し、平穏《へいおん》な日々は、そう長くはつづきませんでした。興聖寺《こうしょうじ》の隆盛《りゅうせい》を耳にした比叡山《ひえいざん》の寺々は、しだいに道元を敵対視するようになったのです。

さらに、道元が幕府《ばくふ》に対し、「護国正法義《ごこくしょうぼうぎ》」という著書を奏聞《そうもん》したことが、いっそう比叡山の非難をあおる結果になりました。

道元は、

「坐禅《ざぜん》を中心とする禅（ZEN）こそが、釈迦《しゃか》からつたえられた正しい仏法である」

と主張しました。

天台宗《てんだいしゅう》こそ国の基本的な仏法である、と信じこんでいるかれらにとっては、これはとてもガマンできないことでした。

道元のことを、かれらは、

「悪魔《あくま》の説を信じる悪僧《あくそう》である」

と誹謗《ひぼう》するのです。

布教の妨害《ぼうがい》が始まりました。（❖花に嵐《あらし》か。雨降らば降れ、風吹《ふ》かば吹け！）毎日のように、長刀《なぎなた》を持った僧兵《そうへい》たちが、道元《どうげん》をおどしにきます。ついに、寺の一部まで打《う》ち壊《こわ》し、ここにいると殺すぞと、わめきたてます。

「鴨川《かもがわ》の水とすごろくのサイコロ、比叡山《ひえいざん》の乱暴な僧兵、これらはわたしにも、どうにもならぬ」

と、白河天皇《しらかわてんのう》まで嘆《なげ》かせた、あの僧兵たちです。

聖徳太子《しょうとくたいし》に生まれ変わったという天台宗《てんだいしゅう》の二祖、慧思《えし》という中国、河南省《かなんしょう》の高僧がいます。その仏僧があらたな仏教思想をひろめようとしたとき、悪僧たちに命を狙《ねら》われ、幾度《いくど》も毒殺されそうになったとつたえられています。

仏教の経典《きょうてん》のひとつ、法華経《ほけきょう》のなかにも、

「正しい仏法を布教しようとした場合、かならずや無智《むち》の人たちからはげしく非難されたり、刀や杖《つえ》をふりまわされて、おどかされたりするものだ」

とあります。

信者たちもそんな迫害《はくがい》におびえ、道元《どうげん》の寺に寄りつかなくなりました。道元の命も、絹糸につるされているようなありさまです。もうこれ以上、ここで布教をすることは、とうていムリという状況《じょうきょう》になりました。

あかあかと　日はつれなくも　秋の風

道元のそんな危機的な様相を心配したのが、波多野義重《はたのよししげ》という武将。

かれは鎌倉幕府《かまくらばくふ》の重要な役についており、道元が留学するまえからの協力者

で、

「道元殿《どの》、そなたはまれにみる才能をおもちです。きっとこの世を清める働きをなさる高僧《こうそう》になるに違《ちが》いない」

と、評価してくれていた人なのです。

かれは武士なので、きわめて大胆《だいたん》さをもつと同時に、それでいて、河をわたるときは、水のすくない冬の時期を狙《ねら》うような慎重《しんちょう》さをそなえた人物です。

その波多野義重は、自分の所有する越前《えちぜん》（福井県《ふくいけん》）の山地に、移住することを勧《すす》めてくれました。

その地は、大陸の師匠《ししょう》である天童如浄《てんどうにょじょう》の、

「深山幽谷《ゆうこく》の地に入り、そこで俗世間《ぞくせけん》を離《はな》れ、すくない弟子《でし》でよいから正しい仏法を守りつたえるようにしなさい」

という教訓を生かせる場所のようです。

「ありがとうございます。お言葉に従わせていただきます」

と、道元《どうげん》は波多野義重《はたのよししげ》に、幾度《いくど》も頭を下げました。
かれは四十四歳《さい》になっていました。

5

再出発の決意

よく人生は舟《ふね》に乗っているようなものだ、と言われます。自分で帆《ほ》をあやつり、自分で棹《さお》さし、この岸からあの岸へ、とたえず舟を走らせなければなりません。

人生という夢のなかを走る舟なのです。（❖あなたが舟に乗っているのではなく、人生の舟があなたを乗せているんだよね。）

…………………………。

道元《どうげん》は十数人の弟子《でし》たちをつれて、京都を脱出《だっしゅつ》しました。越前《えちぜん》へ行くには、途中《とちゅう》、いくつもの峠《とうげ》を越《こ》えなければなりません。峠には旅人を恐《おそ》れさせるニホンオオカミや盗賊《とうぞく》、悪い神がおります。

焼き畑のケムリが立ちのぼっている、つらつら椿《つばき》の咲く細い山道を登っていたとき、大きなスズメ蜂《ばち》がうなり声をあげて、おそってきました。これにやられたら、ひとたまりもありません。下手をすると命取りにもなります。

さっそく弟子の一人が、蜂を追いはらう呪文《じゅもん》を唱えはじめます。

ハチ　ハチ　聞けよ
ハチ　聞けよ
むこうに行かぬと　ハチの子とるぞ

「ほれ、みなして唱えようぞ」

呪言は早口で唱えないと効力がなくなり、そうしないと、反対に悪霊《あくりょう》にやられてしまうことになるのです。

全員で声をあわせて唱えたせいで、ハチの群れは、ぶうんと向こうの林の中に飛び去っていきました。

「ほう、この呪文はよくきくのう」

と、道元もすっかり感心したものです。

村の人たちのあいだには、いろんな場合の呪文があります。

もし、糸がからんで、どうにもならなくなったならば、こう呪文《じゅもん》を唱えてみてください。

「ちゃちゃむちゃ　ちゃちゃちゃちゃが浦《うら》の　ちゃちゃちゃむちゃ　ちゃちゃちゃちゃなければ　ちゃちゃちゃちゃもなし」

これでからんだ糸も、すんなりと解けるはずです。

我が国には、昔からよい言葉はよい結果をうみ、悪い言葉は悪い結果をうむ、という言霊《ことだま》の風習があります。

口にする言葉は、強い呪力も持つ場合もあるのです。

ですから、他人への悪口を言ったときなどは、それをタライの水にあつめて、いそいで道の四辻《よつつじ》に捨てにいかなければなりません。

そうしないと、悪口のもつ言霊の魔手《ましゅ》は、相手のほうではなく自分のほうに伸《の》びて、攻撃《こうげき》してくるからです。（❖言霊のもつ霊剣《れいけん》は、諸刃《もろは》の剣なんだね。）

最も高く危険な峠《とうげ》を越《こ》えようとするとき、この山にうごめく邪《よこしま》な精霊たちを鎮《しず》めるために、あたらしく加わった弟子《でし》の一人は、こんな祈りの言葉（言霊）をささげました。

あちめ　おおおお　しししし
しずかなれ　しずかなれ
深山の　百千《ももち》の精霊《せいれい》も
げにしずかなれ　山の精霊よ

これは花が散るのを遅《おそ》くしようとする、鎮花祭《ちんかさい》の祈りでもあります。花が散ってしまう時期になると、村々に悪い病が流行するからで、そのために、すこしでも花が散るのを遅くしようとするのです。

こうして、道元《どうげん》の一行はなんぎな旅を終え、ぶじに越前《えちぜん》の地に入りました。

ここまで来れば、もう比叡山《ひえいざん》の僧兵《そうへい》たちの害は及《およ》びません。

6

青い山を越《こ》えて

道元《どうげん》の一行はこの地での最初の寺を、山中の渓谷《けいこく》ぞいに求めました。その寺は昔からある小さな古寺。坐禅《ざぜん》のための道場にしました。

修行僧《しゅぎょうそう》は本来、やぶれ衣《ごろも》とそまつな鉢《はち》を生涯《しょうがい》の友として、コケむす岩や白石のほとりに草庵《そうあん》をむすんで坐禅修練をするものなのです。

多くの人々はりっぱな仏像をこしらえたり、宏大壮麗《こうだいそうれい》な寺院を建立《こんりゅう》することが、仏教の興隆《こうりゅう》であると考えています。

でも、道元は違《ちが》います。たとえ、草葺《くさぶ》きの小さな庵《いおり》や、あるいは樹《き》の下でもよいのです。

そこで、仏の教えの一句でも思い、しばし坐禅をすることこそが、仏教の興隆なのだ、と思っているのです。

青山の歩みは風よりも速く、その山中は宇宙の内に花ひらく、パワースポットでもあるのです。(❖人間の体も、すべて自然大地だ。あなたの内に存在する宇宙を見よ！)

釈迦《しゃか》は主に野や山で、弟子《でし》たちに教えを説きました。豪華《ごうか》な建物に住んだりすると、人間はこころがおごるようになり、すぐに邪道《じゃどう》におちたりするものです。

道元と弟子たちも、この地で、ひたすらきびしい修行にはげむのです。家のある者は家を離《はな》れ、恩愛（肉親）の絆《きずな》をたちきり、名のある者は名をのがれ、財ある者は財を捨て、世のすべての執着《しゅうちゃく》を離れて、仏の道を求める日々を送るのです。

雪国の四季は、はっきりしています。

道元は、その春夏秋冬を、こんな句にしました。

春は花　夏ほととぎす　秋は月
冬雪さえて　冷《すず》しかりけり

春から秋までは、句のとおりなのですが、冬は、すずしいなんてものじゃありません。

小寺の屋根も壁《かべ》も隙間《すきま》だらけ、床《ゆか》一面に雪のツブが舞い散るしまつ。

雪の多い年などは四、五メートル、通常でも腰までもぐるような積雪で、下手をすると、もう里にもおりることもできず、陸の孤島《ことう》のよう。

やせた鶴《つる》も、冬の枯《か》れた木の枝にとまって、寒そうにしています。

この時期になると、いろんな野菜を手にいれることができず、最後に残るのは大根くらいになります。

でも、ヤサイと名がつくのであれば、大根のシッポでもごちそうです。こまったのは、コメまでなくなってしまうことです。

「道元《どうげん》さま。米ビツのおコメがつきました。わずか数粒《すうつぶ》しかありませんが、いかがいたしましょう?」

と、食事担当の僧《そう》が、ぐうぐう鳴る腹をかかえながら相談に来ます。

「そうか……。しかし、その数粒を大切にしなければね。百万粒のコメといえども、その数粒が積もり重なってできるんだからね」

と、道元はさとします。

「はい。そのことはわかりました。でも、道元さま、それではこの数粒のなかの最初の一粒は、いったいどこから生まれてくるのでしょうか？」

道元はそれを聞いて、にっこりとします。

すべての宇宙はひとつのもの（無）から生じ、ひとつのもの（有）は全宇宙によって支えられているのです。この禅僧《ぜんそう》は、そのことに気づいているのでしょう。

でも、寺を運営するリーダーとして、道元は責任のある返答をしなければなりません。

「ああ、そうだね。では、こうしたら、どうだろうか」

「はい」

「まずお湯をわかし、それにパラッとコメつぶを入れなさい。そうすれば、あたたかいご飯と変わりがない」

「はい……？」

「もし、完全にコメつぶもなくなったならば、お湯だけにしなさい。それで、身心脱落《しんじんだつらく》し、ご飯を食べたつもりになれと念じれば、腹のほうも満足するはず」

「……はあ？」

「うむ。確かに、メシを食べない人間は人間ではない。人間はメシによって人間たりうるのだ」

「……」

「されど、人間はメシを食べれば、今度はメシに食べられることになるから、用心せよ！」

「……はあ？」

小さな寺の環境《かんきょう》の悪さを嘆《なげ》く弟子《でし》たちに、道元《どうげん》は、

「環境の悪さを恐《おそ》れるな。そんなものが人間をダメにしたりはしない。修行《しゅぎょう》の妨《さまた》げになったりもしない。環境の悪さに負けて修行をおこたることが、人間をダメにするのだ」

と、弟子たちを戒《いまし》めます。

「こんな寒さでは修行などできないな」

そうボヤく弟子には、

「寒かったら寒さそのものに成り切ればよい。さすれば、もう寒いなどとは思えぬものだ」

と、道元は言います。

修行僧《そう》たちの生活は、さまざまなルールのもとに始まります。このルールについては、道元は自分の著書「正法眼蔵《しょうぼうげんぞう》」に書いて定めています。

たとえば、朝、まだ暗い時刻に起きて顔を洗います。それには作法がきまっ

ています。

洗面所に行くときは、手ぬぐい持参。手ぬぐいのサイズは指定されており、布の色は白。

手ぬぐいはふたつにおり、それを左のモモの上にかけ、布の半分で顔を洗い、残りの半分で手をぬぐいます。

鼻の中や鼻汁《はなじる》をふいてはなりません。わきのした、背中、腹、ヘソ、脚《あし》などをふいてはなりません。アカや脂《あぶら》で汚《よご》れたならばよく洗い、布がしめったならば火にあぶり、陽《ひ》にほしてかわかします。

トイレ（東司《とうす》）を使用するときにも、きびしい作法があります。

トイレにゆくときは、ばたばたして行くのでなく、余裕《よゆう》をもって行くようにしなければなりません。

手ぬぐいを衣《ころも》の袖《そで》にかけ、トイレに入ったならば、そこにあるかけ竿《ざお》に、きちんとそろえてかけます。月の輪のように丸めて、決められた場所にかけるのです。

つぎに桶《おけ》の水を便ツボの中にそそぎ、それから立ったまま便ツボに向かって、三度、指をはじきます。

終わりに手を洗うのは灰を用います。サビのついた小刀を砥石《といし》で研《と》ぐようにして、ていねいに三度洗わなければなりません。

まあ、こんな具合《ぐあい》に、坐禅修行《ざぜんしゅぎょう》のきまりや、睡眠《すいみん》、起床《きしょう》、洗面、布団《ふとん》のあつかい、袈裟《けさ》のあつかい、行事を休むときの決めごとなど、日常生活のすべてにわたって、厳格《げんかく》なルール（弁道法《べんどうほう》）が定められているのです。

これを完全に守って修行する若い僧《そう》たちは、実に大変です。顔は笑っていても、ほんとうはこころではつらくて泣いているんですね。

でも、ある信者が道元《どうげん》に聞いたそうです。

「そんなつらい苦労をして、修行して、それで何になるんですか？」

「何にもならない。ただあるがままだ」

……と。

禅《ぜん》の世界では、「成り切る」、ということを大切にするのです。

禅寺でおこなうすべての作務《さむ》は、それに成り切ることが重要なのです。食事のときにはおかゆに、そうじのときは雑巾《ぞうきん》に、トイレのときは○○○に、成り切ってしまうのです。（❖そこまでやるんですかね？）

そうでないと、規則に使われることになります。規則を守ろうと意識するようでは、まだ規則にとらわれているのです。そんなことに頭をつかわずに作務に精をだすことが、結果的に規則から離《はな》れて自由になれるのです。


この寺には奇抜《きばつ》な発想をする玄明《げんめい》という、入門五年の弟子《でし》がいます。

かれは期待の若手の僧《そう》なのです。

先日のことです。

かれが渡《わた》し舟《ぶね》で川をわたっているとき、手に持っていた荷物を、うっかり落としてしまいました。荷物はみるみる水の中に沈《しず》んでいきます。かれはすぐに行動をとりました。とっさに、荷物が沈んだ川の位置を記憶《きおく》しようと、なんと「舟べり」にシルシをきざんだのです。

「こうして舟に目じるしをつけておけば、今度川の水量がへったら探しにいくこともできます」

と、玄明は自信をもって言います。

「だが、玄明よ。そんなことをしても、舟は動いているので、荷物の沈んだ場所なぞわからないだろうよ」

「いいえ。あのときは、水の流れにあわせて同じ速さで舟も動いておりましたので、だいじょうぶです」

「そうなるかね」

「はい。川をわたっているのは人間ではなく、木の舟である。こう考えると、舟《ふね》がちゃんとその場所を覚えていないわけはありません」

と、自信をもって、玄明《げんめい》は答えます。

かれはそういう僧《そう》なのです。


寺での修行《しゅぎょう》が進むにつれ、道元《どうげん》との禅《ぜん》問答も、しだいに難解なものになってきます。

道元は青い空を見あげて、玄明に問いかけました。

「玄明よ。そなたはあの大空をつかむことができるか」

「もちろんです」

玄明はきっぱりと答えます。

「では、つかまえてみよ」

「はい」

と、玄明はしばし熟考し、それから二度、三度と両腕《りょううで》を伸《の》ばして、空をつかもうとします。むろん、手の中には大空なんかありません。

すると、今度は玄明はうんと背伸《せの》びをしたり、ジャンプしたり。

そんなふうにあれこれ動作を変えて、智慧《ちえ》をしぼって大空をつかまえようとするのです。（❖研究《けんきゅう》熱心な男ですね。）

それをじっと見ていた道元は、

「そんなふうで、どうして大空をつかまえることができるのか」

玄明は、きっとなって道元に目を向けます。

「ならば、道元さまは、どんなふうにしてつかまえるんですか」

反抗的《はんこうてき》な態度です。

「大空はな、こうしてつかまえるんだ」

と道元は言い、玄明の鼻をいきなりつかんで、ぐいとひっぱったのです。

玄明は、思わず、

「痛っ」

と叫《さけ》んで飛びあがります。

「どうして、大空が鼻なんですか」

と不満顔。

「道元《どうげん》さま。大空は稲妻《いなずま》がぴかッと光ることがあるのに、鼻には稲妻が光ることなどありません。鼻と大空とは大違《おおちが》いですよ」

「そうかな」

と、道元はいって、また思い切り玄明《げんめい》の鼻をひねりました。

「あッ、死ぬ！」

玄明は悲鳴をあげます。

仏教には、「色即是空《しきそくぜくう》」という教えがあります。簡単にいうと、宇宙にあるすべてのものは、形があるように思えるが、実はそうではなく実体のない「空《くう》」であるというのです。

その意味では大空も鼻も「空」であり、同じものといえます。

でも、それでも、けんめいに大空をつかもうとする玄明のガンバリを、道元はもっと評価すべきなのかもしれません。

なぜなら、

「このままの自分ではダメだ。もっと優《すぐ》れた能力を身につけよう」

という気持ちをかれが抱《いだ》いているからです。

それにしても、……人間というものは、どうして、本能に命じられるままに高い空をつかもうとするような夢を追いかけるのでしょうか?

人間は孤独《こどく》では生きられないのに、それでもなぜ孤独を追い求めようとするのでしょうか?

まったく人間ほど不思議な生き物はありません。

確かに人生の夢は、人間の生涯《しょうがい》の花園に咲く、一本の百合《ゆり》のようなものなのかもしれません。夢を完全に実現し成功するひともおれば、実現できず苦しい努力をつづける人もいることでしょう。

成功者が赤い百合《ゆり》の花であるならば、成就《じょうじゅ》できずまだ努力している人は白い百合の花なのです。でも、百合は百合。

もし、あなたが、人生の夢（自己実現）に向かってがんばっている人を見たら、どうか、百合の花を一本、プレゼントしてあげてください。

桜花微笑《おうかびしょう》の春です。この季節には、宇宙からの光が急に増えて、人々のこころをあかるくしてくれます。

道元《どうげん》は若い弟子《でし》を数人、近くの崖《がけ》のあるところにつれだしました。（❖課外授業なんですよね。）

崖の下をのぞくと、三メートルもあります。

「さあ、ここで思案してみよう。昔、大陸の国（中国）の荘子《そうし》という偉《えら》い先生が、翼《つばさ》なくして空を飛ぶ、という命題を出した。いかにしたら、そのようなことができると思うか？」

若い弟子たちは、口々に言います。

「鳥の姿をまねれば……」

「腕《うで》の毛を薬で伸《の》ばして羽のようにすれば……」

「体重をなくして、風船のように飛べば……」

今の時代ならば、ハンググライダーを使えばよい、とでも答えるでしょう。でも、そのころは、まだ空を飛ぶマシンはできていませんでした。

若い弟子たちは、目を白黒させて、う～ん、う～ん、とうなります。

「ああ、ああ」

と、うめいたりもします。

「わからないようだな。では、教えることにしよう」

と、道元は言います。

「人間は肉体だけのものではない。こころ、精神というものがある。精神は自由なものだ。つまり、自由な精神が、人間にとっては翼になるんだよ。腕には翼《つばさ》はないが、こころには翼を生じさせることができるんだ」

つまり、宇宙意識に目覚め、身心脱落《しんじんだつらく》すると、時空をも超越《ちょうえつ》することができる、と道元《どうげん》は説いているのでしょう。

「そうだ、身心脱落し自由な精神になれば、どこまでも飛んでゆける！」

そう叫《さけ》んだのは、以前神隠《かみかく》しにあって異次元宇宙から帰還《きかん》した道喜《どうき》です。

「そうだ。こころにいっぱい自由な精神があれば、どんなことでも可能なのだ」

と、道元。

「大空を飛ぶことも？」

と、道喜。

「できる」

と、道元。

「ホントに、大空を飛ぶことができるんですね？」

「そうだ、できる」

「ならば、わたしが空を飛んでみせます」

「そうか、飛ぶか」

「はい、飛びます」

と、道喜はこころのなかに何かが生まれそうな表情になります。

道元は東方に向かって秘印をむすび、呪言《じゅごん》を唱え、道喜の成功を祈願《きがん》します。

道喜は、勇躍《ゆうやく》、崖《がけ》の淵《ふち》に立ちます。（❖駿馬《しゅんめ》はムチの影を見ただけで、走り出すといいますからね。）

道喜は、両腕《りょううで》を大きくひろげ、大空に向かってさしのべ、

「わたしの精神は自由だ。身心脱落だ！　いざ、飛ぶぞ、はてしなき宇宙へ！」

と叫びます。

道喜は大宇宙をひと口でのみこんでしまおう、という気構えです。（❖この気迫《きはく》を、見よ！）

道喜は、ついに両足で崖の淵を力強く蹴《け》りました。道喜の心境は、盲目《もうもく》の亀《かめ》

が燃えあがる火に向かって、つきすすむようなものだったのでしょう。

……それで、ホントに大空に飛び立ったかって？

そんなわけないでしょ。そのまま崖《がけ》からころがり落ちて、足の骨をおって病院（？）に入り、三ヶ月も床《とこ》についていましたよ。

でも、足の骨をおったとき、

「こころのなかに自分に似た人を見た！」

と、かれは不思議なことをつぶやいたのです。（❖無意識の世界をのぞいたのでしょうか？）

「どんな人？」

「すごくなつかしい感じで、真水に洗われるような神聖な気持ちにさせられる人だったよ」

と、道喜《どうき》はうれしそうに、そう言うのです。（❖「まことの自分」に近づくには、自分自身との対話を深めていくしかないのかも？）

そして、そんなふうになっても、道喜は、

「ついに、やりとげた」

という思いで、大満足の顔をしていました。

やはり、神隠《かみかく》しで異次元に行った人は、どこか違《ちが》いますよね。

7

明星を探し求めて

飛花落葉の秋です。山や森は紅葉に染まっていきます。木々が葉を落としはじめると、寒林の中に花と散ります。（❖尾花《おばな》の霜夜《そうや》は寒からで　人のこころに月の影　月もろともに出でてゆく……。）

朝の空気はきびしくなり、ふと木の枝を見ると、早朝の露《つゆ》もまだ残っています。

白露の　おのが姿は　そのままに
紅葉におけば　紅《くれない》の玉

寺にはさまざまな仕事をする僧《そう》がいます。
新人には、台所で食事を担当する、典座《てんぞ》の助手になる人もいます。
そんな人は、なかなか坐禅修行《ざぜんしゅぎょう》をするときがありません。
「道元《どうげん》さま、わたくしは毎日、食事の手伝いをするばかりで、ほかのお弟子《でし》たちのように坐禅をすることができません。こんなふうだと、いつになったら坐禅ができるのでしょうか」

と、新人は不満をもらします。

「そうか。そなたは、それほど坐禅を大切に思うのか？」

「だって、坐禅をしなければ、いつまでたっても悟《さと》りの道に入れないじゃありませんか」

するど、道元は新人に問いかけます。

「耳を澄《す》ますと、今、何が聞こえる？」

「……はい。軒下《のきした》の地面をたたく雨だれの音がします」

「あれは雨だれの音にはあらず、されど、雨だれの音でもある」

「はあ？」

「心を空《むな》しうして、聞いてみよ。雨だれの音は、すなわちおのれ自身ぞ！」

「はあ？」

「つまりじゃな、そなたは雨だれの音になればよいのじゃ」

「……？」（❖風鈴《ふうりん》は口を開けて風を受け、全身をふるわせて鳴る。つまり、風鈴は音色そのものに成り切っているんですよね。）

まだクビをひねっている新人を、今度は、道元《どうげん》は外につれだします。

「ほら、あの音が聞こえるか？」

と、道元がたずねます。

すると、新人は、

「はい。木の葉隠《がく》れに流れる谷川の水音のようですが」

「そうだ。悟《さと》りを得たいと思うならば、あのせせらぎの音から入るがよい」

「はあ？」

「山は流れ、水は流れず、だ」

「……？」

「渓流《けいりゅう》の音は夜の音（静寂《せいじゃく》）のなかに消え、山の存在は渓流の音とともに流れてゆくのだよ」

「はあ、まあ」

「わからないか？　せせらぎの音が聞こえたら、今の自分を谷川の水に流して、無にすればよいのだ」

「……」

「そなたは考え違《ちが》いをしているようだな。悟りの道に入るには、道場で坐禅《ざぜん》するしかないというのは誤りぞ」

と、道元はそうさとし、禅の修行《しゅぎょう》について、こう説明します。

「歩くのも禅ならば、坐《すわ》るのも禅、ヤサイを洗っているのも禅、かまどに火をつけているのも禅、トイレに行くのも禅なんだよ」

「……はい？」

「そなたがお茶を出してくれれば、わたしはそれを、どうも、と受けとり、食事を出してくれれば、ありがとう、と礼をする。これも大事な禅の修行なんだよ」

つまり、禅《ぜん》の世界では生きるということ、ふつうに生きて生活（行・住・坐・臥《が》）をすることが、そのまま悟《さと》りの道に通じる、ともいうのです。

問題は、その日の日常の経験が、日常の経験ではないということに、はたして気がつくかどうか、ということですね。

「ふうん。と、なると、ふつうに生活をする人が禅の修行《しゅぎょう》者のようなものなんですね。それならば、ふつうの人と禅の修行者とは、どこが違《ちが》うのでしょうか？」

道元《どうげん》は答えようとはしませんでした。

これに関する道元の記録は残っておりません。（❖まさか、道元が答えに窮《きゅう》したなんて⁉）

禅僧《そう》は煩悩《ぼんのう》の雲をエサに、智慧《ちえ》の月をツリバリにして、仏法の川（俗世間《ぞくせけん》）で釣《つ》りをするのが仕事です。

そのためには、お布施《ふせ》を求める托鉢《たくはつ》、という仕事も大切なものです。

今日もまた、道元は弟子《でし》を数人つれて、うすい糞掃衣《ふんぞうい》の袈裟《けさ》をつけて、奥山《おくやま》にある村にまで布施、托鉢に出かけます。

托鉢の修行は身にボロをまとい、ふところには宝（仏）を抱《いだ》いて歩くことなのです。

獣《けもの》しか通らないような細い道を歩いて、山の村をゆるりとまわります。村の入り口の木門には、草のチガヤでこしらえた輪。それは病魔《びょうま》におそわれないようにするためのお守りなのです。

いちばん山の奥にある小村に入ると、道元はなじみの猟師《りょうし》の家に立ち寄ることにしています。かれは道元の教えを受ける、信者の一人。

猟師は生き物の生命をうばって、暮らしをたてている人間。それゆえに、猟師は特別に生き物には敬意をはらい、感謝もしています。

この猟師は弓矢の名人。

ある日、畑で害をする猿《さる》を見つけ、弓をかまえました。すると、それに気づいた猿《さる》は、くるくると樹木をめぐって逃《に》げようとします。

でも、猟師《りょうし》のはなった矢は、どこまでも猿のあとを追いかけて、同じように樹木をくるくるとめぐって、ついに猿の背にあたってしまうそうなのです。

猟師はクマ狩《が》りのことも、道元《どうげん》に話をしてくれました。

クマとカミは、語音が近いのです。ですから、クマは山のカミとされています。クマを数頭とったり年老いたクマをとると、雪崩《なだれ》が起きたり吹雪《ふぶき》にあったりする、熊荒《くまあ》れ、と呼ぶ自然現象が発生します。

「クマは、おらと向きあうと、おだやかな様子で近づいてきます。あぶないだの、殺されてしまうだの、とは考えてはおらぬのです。おらは夢中になって矢を放ちますが、矢は飛んでは行かないのです。飛ぶまえに、もうクマにあたっているんですわ」

と、猟師は説明します。

そして、

「クマを殺したときは、またふたたび、この山にもどってくれることを願って、そのための儀式《ぎしき》を、きちんとやってあげなければなりません」

「肉をとって骨だけにして、その骨が全部そろっているならば、山のカミが生命をふたたびよみがえらせてくれるのです。そのためには、頭蓋骨《ずがいこつ》を中心に四肢骨《しし こつ》をきちんとそろえて積み重ね、霊送《たま》り場として、定められた場所に置いておかなければなりません」

「クマがおらにおだやかに殺されるのは、そういうことをしてくれている、という思いがあるからなんでしょう」

と言うのです。

この山には、ニホンオオカミもいます。

昔の人々は、オオカミのことを「大口の真神《まがみ》」、と呼んでリスペクトしておりました。それはオオカミが山のカミの使者でもあるからです。

村々では、

「お犬さま」

と呼んでいます。

それだけ村人とオオカミとは、親しい間柄《あいだがら》。その証拠《しょうこ》にはオオカミの出産祝《いわ》いがあります。

オオカミは一度に、七、八匹《ぴき》の赤子を産むのです。村人たちはその話を耳にすると、オオカミの大好物の塩と赤飯を持参して、わざわざ山奥《やまおく》にまでお祝いに出かけていくのです。

もうほとんど親戚《しんせき》づきあいですよね。村人が山道でばったりオオカミに出会ったりすると、

「お犬さま。どうかわたしにかまわず、あなたはしっかり鹿《しか》を追ってくだされ」

と、そう頼《たの》むのです。

オオカミもそれをよく承知していて、村人をおどかしたりはせず、さっさと獲物《えもの》の鹿《しか》を追いかけるのです。

先日のことです。猟師《りょうし》がねつこ草（きんぽうげ）の茂《しげ》る弓月《ゆつき》が岳《たけ》で出会ったとき、まるでオオカミは猟師が来るのを、待ちかまえているかのようでした。かっと大口を開けて、ノドのあたりに火のような、あらい息を吹《ふ》きかけるようなことはしません。

それどころか、耳をたれ、しきりに口をひらいては、何か頼《たの》みごとをするように頭をふるのです。

猟師がもそろもそろと近づいて、ノドのあたりをのぞきこむと、そこにトゲが刺《さ》さっているのが見えました。

「よおし、待てよ。今トゲをとってやるからな」

猟師は、ノドに手をつっこみ、それを抜《ぬ》いてやりました。楽になったオオカミはなんども猟師に頭を下げて、山奥に帰っていきました。

翌朝のことです。猟師の家のまえに、大きな鹿が一頭、どかっと置いてありました。トゲを抜いてくれたお礼に、オオカミがプレゼントしてくれたのです。

この時代は、人間も獣《けもの》も同じ仲間だったのですね。ずいぶんとこころが通いあっていたのですね。

しかし、ややともすれば鹿《しか》を追うオオカミは、猟師《りょうし》にとっては獲物《えもの》を横取りする害獣《がいじゅう》でもあるのです。

猟師は道元《どうげん》に、こんな話も聞かせてくれました。

ずっと以前のこと、獲物がなくてこまっていたとき、オオカミを見つけ、それを射ようと弓をかまえました。

まさに矢を放とうとしたとき、びっくりの光景がかれの目に入りました。かれが狙《ねら》っているオオカミは、横木にとまる山鳥を狙《ねら》っており、その山鳥もすぐ横にいるほかの生き物に目をつけていたのです。

この猟師、オオカミ、山鳥……という、標的となる獲物の連鎖《れんさ》を目にしたかれは、何かの気配を感じ、思わずまわりを見わたしました。

「人間だけが例外であるはずはない。このおらも何者かに命を狙われている！」

そのとき、自分であって自分でない、何者かの声を聞いて身がすくんだ、というのです。

「生きとし生けるものすべて、この世では、ほかの生き物を犠牲《ぎせい》にしても自分の命をつなぎ、そうやってけんめいに生きているんですね」

と、猟師は言い、それからは、自分たち家族が食べるぶんだけの猟をすることにし、けして、おカネを稼《かせ》ぐために獲物をとるようなことはしない、と決心したというのです。

道元もその猟師から動物に対する慈悲《じひ》というものを学んだのです。

寺の庭先に鹿《しか》が一頭姿をあらわしたことがあります。そのとき、道元は棒《ぼう》を持ってその鹿をたたいて追いはらったのです。

その様子を見た弟子《でし》たちはびっくり。

「道元さま、どうして、そんなかわいそうなことをなさるんですか?」

弟子たちの問いに、道元はこう答えます。

「わたしがこうして鹿《しか》をたたいて追いはらわないと、鹿は人間になれてしまい、今度は悪人にも平気で近寄るようになり、殺されてしまうかもしれないからだよ」

確かに一見、道元《どうげん》の行為《こうい》は無慈悲《むじひ》のように思えます。でも、かれのこころにあふれる愛情は鹿の命を救ってやりたい、という一心だったのですね。

深い杉《すぎ》森にかこまれ、朝四時半には起床《きしょう》し、僧《そう》たちは修行《しゅぎょう》を始めます。

修行というのは、世間の名声や利益を投げ捨て、月日をムダにせず、頭にふりかかる煩悩《ぼんのう》の火の気をふりはらう気持ちでおこなうもの。

この寺でも、仏の教えの「悟《さと》り」を得ようとして、僧たちはけんめいに修行にはげんでいます。

坐禅《ざぜん》は独自の瞑想《めいそう》の世界に心身を投げ入れて、心安らかな、波ひとつたたない水面のような心境、無心の世界に達することを、ひとつの目標にしています。

そして、そのような禅定《ぜんじょう》という瞑想状態に到《いた》ると、こころの内部を知覚する能力が働き、「仏性《ぶっしょう》」を見いだし、「本来の面目《めんもく》（まことの自分）」、「無位の真人」もほうふつとしてくるはずです。

でも、意識の世界から無意識の世界へ没入《ぼつにゅう》する修行をしていると、とんでもない場合に悟りの境地に入るケースがあると言います。

たとえば、何年も修行をしているある僧の場合は、こうです。

無心に道を歩いていたとき、小石を足ではねとばしてしまいました。それが道ばたに茂《しげ》っていた竹の幹にあたり、かーん、という鋭《するど》い音をたてたそうです。するとその音を聞いたとたん、その僧は、いままで蓄積《ちくせき》してきた世間の常識や学問の内容から解き放たれ、おっ、と悟りました。

「そんなことで悟れるならば、誰《だれ》だってやれるではないか」

と、あなたも思うでしょうね。

でも、五百回、千回と、小石を竹にぶつけて試してみたひとが、言っていました。

「なんどやってみても、ただ、かーん、と竹の音がするだけで、別に悟《さと》りの光がこころにひらめくわけでもなく、それだけなんだよ」

……って。

それはそうです。「悟り」は頭で得られるものではなく、こころでえられるものなのです。

ある意味で「悟り」とは、人間が本来抱《いだ》く「仏性《ぶっしょう》」を見いだすことなのかもしれません。

そして、仏性は「まことの自分」に立ちもどらないと、見いだすことができないのかもしれません。仏性と「まことの自分」とは、表裏《ひょうり》一体の関係でもあるからです。

ただ「悟り」には時節因縁《じせついんねん》をえることが必要です。つまり、悲しみ、苦しみ、喜びなどの体験を、たくさん積み重ねることが必要なわけです。

年齢《ねんれい》は関係ありません。

時節因縁をえるとは、その季節がおとずれると花がパッとひらくように、人間もこころの行為《こうい》の積み重ねによって、自然に熟しきってこころの華《はな》がひらくのです。(❖トンボや蟬《せみ》は、カラを自分でやぶって飛ぶことができるけど、人がかってにやぶったりすると飛ぶことができないからね。)

悟りを得た人には、世界がいままでのものとは違《ちが》う世界に見えるといいます。川はもとのごとく流れ、火はもとのごとく燃えていても、それは悟り以前のものとは同じ流れ方ではなく、燃え方でもないのです。

弟子《でし》の玄明《げんめい》が、またある日、こんなことを言うのです。

「道元《どうげん》さま、ゆうべ、わたしは不思議な夢を見たのです」

「ほう、で、どんな?」

「はい。お聞きください。実は、こんな夢なんです」

「うむ」

この玄明《げんめい》が夢のなかで、それはそれは美しい蝶《ちょう》になったのです。ひらひらと空を舞うあの胡蝶《こちょう》。もはや自分が玄明であることなど、まるで忘れ去っておりました。

それが目覚めてみれば、まぎれもなく人間の玄明です。はて、玄明が夢で蝶になったのか。それとも、蝶が玄明になったのか。

「道元《どうげん》さま、これはいずれが正しい答えでありましょうや?」

と、玄明は頭をひねります。

蝶になったり人間になったり、こんな幻夢《げんむ》を見るのは、神秘の瞑想家《めいそうか》と呼ばれるような人です。

道元は玄明に、こう問いかけました。

「そうか。そなたは、自分が何者であるか、わからなくなったんだな」

「はい」

「確かに人間にとって、最大のナゾは自分自身、ということであるからな」

「でも、わたしは玄明という名の人間です」

「そうかな、玄明というのは、たんなる名前、符号《ふごう》というものであろう」

「……？」

「最初から名前がつけられていない人間であるとしたら、どうかな。そなたから名前をとってしまって、赤《あか》ん坊《ぼう》のように、自然本来の状態になったときの、そんなそなたをどう呼べば正しいのかな？」

「それでは、わたしという人間であることが、誰《だれ》にもわかりません」

「はて、そうかな。ひとつだけ、見分ける方法があるぞ」

「……？」

「それには、顔や姿を見て判断するのではなく、そなたの魂《たましい》を見ることだよ」

「魂を、ですか？」

「そうだよ。魂には前世からのその人間の品性、特性などもろもろの性質がきざまれており、それが誰《だれ》なのか、すぐにはっきりわかるんだよ」（❖魂《たましい》って、両親が生まれる以前の自分の姿なのでしょうか？）

「では、どうやれば、自分の魂を見ることができるんですか？」

「夢で見るんだよ。そなたが夢で見た蝶《ちょう》が、そなたの魂なんだ」

「なるほど、あれがわたしの魂だったのですね」

「そうだ。人間の魂というものは、蝶のように美しいものなんだ」

そう道元《どうげん》が言ったのは、かれが幼いころに聞いた話があるからです。

道元が十歳《さい》のとき、ある老人からこんな話を聞いたのです。

「人間の魂はつかれたりするとな、ほかの生き物の姿に入れかわったりするものなんだよ」

と。

……昔、二人の兄弟が山に仕事に出かけ、そこで一仕事を終え、昼飯を食べてから二人は昼寝《ひるね》をしました。

そのとき、兄が目にしたことなのです。

先に眠《ねむ》ってしまった弟の鼻の穴から、もぞもぞとハチが出てきて、ぶ〜んとどこかへ飛んでいってしまったのです。

兄がびっくりしていると、やがて、ハチはまたもどって来て、弟の鼻の中にもぞもぞと入っていきました。ハチになった魂が、またもとにもどって来たのです。

目を覚ました弟が言うには、

「あんちゃんさ、山の崖《がけ》の下に咲《さ》く白いコブシの花のところに、きれいなカメがあるのを見つけたぞ」

弟の言葉を信じて、その場所に行ってみると、確かにコブシの花の下にきれいなカメがあります。しかも、そのカメの中には、宝物がどっさり。

それで兄弟は、裕福《ゆうふく》で幸せな生活を送れるようになった、というのです。

……………………。

道元《どうげん》はしんけんな声で、玄明《げんめい》に質問します。

「玄明よ。そなたが夢のなかで見たその蝶《ちょう》は、何か告げなかったのか」

「は?」

「いや、もしかしたら、魂《たましい》の入れかわりの蝶が、ある場所にきれいなカメがあるよ、とかなんとか教えてくれなかったか?」

「はあ?」

「いや、そうだろうな。そんなことを告げるわけなんかないよな」

……ここでお断りをしておきます。道元は、けして宝物を見つけて裕福《ゆうふく》になろうなんて、そんなさもしい、あさましい、ゲビた考えで質問したのではありません。

たんに疑問を感じただけなんです。(❖そうですよね。そうでないと、道元に失礼ですよね!)

玄明がまた道元に悩《なや》みをもちこみます。

「道元さま、どうかお教えください」

「どうしたのだ？」

「はい。わたしはいくら精進《しょうじん》しても、どうしても自分の内に「仏性《ぶっしょう》（まことの自分）」を見いだすことができません。もしかしたら、そんなものなど自分のなかにおらぬのではないかと思えるんです」

玄明は修行《しゅぎょう》にゆきづまったようです。

「そうか、わかった。ならば、一緒《いっしょ》に来るがよい」

と、道元は玄明を外につれだします。

そして、とちゅう道元は道ばたにうずくまっていた子猫《こねこ》をひろいあげます。ホコリまみれのネコ。

小川の近くに来ると、道元はその子猫をいきなり川の中に放りこみました。

あわれな子猫はずんずんと水の中に……。

それを見てたまげた玄明《げんめい》は、何も言わず、何も考えず、とっさに小川に飛びこみ、ずぶ濡《ぬ》れになって子猫《こねこ》を助けだします。

水に洗われた子猫は、すっかりきれいになって、玄明の腕《うで》の中で目をぱちくりさせています。

「玄明よ。そなたはどうして、そのネコを助けようなどと考えたんだ？」

「わかりません。何も考えず、思わず川の中に飛びこんでしまいました」

道元《どうげん》はひとつ、うん、とうなずいて、

「ほら、それなんだよ。そなたにそんなとっさの行動を促《うなが》したのが、そなたのなかにいる『仏性《ぶっしょう》（まことの自分）』なんだ」

「……!!」

日本晴れの日、道元は神隠《かみかく》しの道喜《どうき》をつれて、近くの小さな浅い池に出かけました。

わき水のわく澄《す》んだ水をたたえる池。清心池《せいしんいけ》と呼ばれています。夜ともなると、この池には、それはみごとな月が映ります。でも、月はこの池に姿を映そうとして照らしているのではなく、水も月を映そうとして映しているのではありません。（❖たがいに無心になっているんだね……。）

道元は魚釣《うおつ》りの用意をします。なぜか、こんな山奥《やまおく》の寺に魚釣りをする用具が一式そなわっているのです。道元の禅寺《ぜんでら》の七不思議のひとつですね。

「さあ、道喜よ。ここで釣ってみよ」

と、道喜に釣《つ》り竿《ざお》をわたします。

「道元さま、この池には小魚一匹《ぴき》おらぬはずですが」

「いや、釣れぬはずはあるまい」

「……そうですか」

道喜はクビをかしげながら、釣り竿を手にします。（❖両手でたたいてしか鳴らないはずの音を、片手で鳴らしてみよ、ということなんだな？）

エサをつけない釣り針《つばり》をたれ、それでもウキだけは水面にぴんと立ちます。

これで、いつでも魚がかかってもよい状況《じょうきょう》です。

空はいまにも雨が降りそうで、釣りには絶好のとき。

一時間ほどして、道元《どうげん》が、

「どうだ、釣れたかな？」

「道元さま、やはりこの池には魚はおりませんよ」

と、道喜《どうき》は、あくびが出そうな顔で答えます。

「魚？　そなたは何を釣りにきたのか」

「魚でしょ」

道喜は半分ふてくされて答えます。

「魚など、この池におるのか」

「ですから、先ほどわたしが……」

と、道喜はうらめしそう。

「こういう池では、魚がいないと思うから釣れないのだ。魚はかならずいると思って、釣ってみよ」

「……」

「さて、何が釣れるか」

そう言って道元は、あとは知らんぷりです。

人間のこころは複雑なもの。釣れないとわかっていても、しだいに、もしや魚が……という気持ちになってくるから奇妙《きみょう》です。

そして、道喜はしだいに、釣りをしているのは自分ではなく、釣りが釣りをしているのだ、という心地になってきたのです。

さらに一時間ほど経って、道元は、

「さて、何が釣れたかな？」

とつぶやきます。

魚のいない真水の池では、水を釣《つ》るか、それとも人を釣るかしかないのでしょうか。

「……」

池を見つめる道喜《どうき》は瞑想《めいそう》状態になって、つまりこころの奥深《おくふか》くに分け入っていきます。

「……」

道喜は自分の内にいる「もうひとりの自分」が呼びかけてくる声をけんめいにキャッチしようとしているようです。

「道喜よ。さて、何が釣れたかな？」

「……はい、道元《どうげん》さま。……こころが……わたしのまことの心が釣れました！」

「おう、そうか。心魚がな。それで、その魚は、どんなふうなのかな？」

「はい。純粋《じゅんすい》無色透明《とうめい》、それでいてぴかぴか光っております」

「うむ」

と、道元はにっこり笑います。

道喜は「自分が何者であるか」に気づいたのです。つまり、禅《ぜん》にいう「本来の面目《めんもく》」「無位の真人」の存在を悟《さと》ったのでしょう。

あまりに澄《す》み切《き》って、水の存在すら感じさせない「無心」の池なので、道喜のこころもまた、そのような空（無）になり、透明な池の水そのものに成り切ったのです。

道元ならば、こう言うでしょう。

「やっと身心脱落《しんじんだつらく》したな」

……と。

道喜にとって、この日の夕陽《ゆうひ》は特別に大きく、いつまでも赤々と燃えて見えたそうです。純粋になった道喜のこころも、美しい夕陽に染まっていたんですね。

古木に寒鳥の鳴く、北山時雨《しぐれ》がこころにしみる季節です。このころになると、奥山《おくやま》の方から、お〜ん、お〜ん、という不思議な声が聞こえてきます。

道元《どうげん》は、

「あれは、森の妖精《ようせい》たちが、人恋しくて呼んでいるんだ」

と、言っているそうですが、はたして、どうでしょうか？

入門したばかりの若い僧《そう》が、道元に、

「初雪の季節になりました。もうすぐ、野も田畑も雪に埋《う》まりますね」

「いや、初雪は最初、野や畑には降らぬ」

「え？　それでは、どこに降るのですか？」

「まず、人のこころの奥に降る。しんしん……、と」

「こころにですって？」

「そう。人間のこころの奥に降りつみ、魂《たましい》を、けがれのない真っ白な色に染めて、まことの自分自身にしてくれる」

「……はい」

初雪がこころのなかに降るのは、自分が何者であるかを、思いだささせようとして降るのでしょう。

人間は生きていると、

「これは自分のやるべきことではないな」

とか、

「これは自分の生き方とはすこし違《ちが》うようだ」

とかとふいに気づくことがあります。

それは世間の汚濁《おだく》に染まっている自分を覚醒《かくせい》させるために、こころのなかの聖なる声（本来の面目《めんもく》）が発するシグナルなのです。

誰《だれ》しもが、いつかは時節因縁《いんねん》をえると、「まことの自分」にもどるときが来るのです。

「そして、人間のこころのなかの初雪が消えると、今度は家々の屋根や田畑に、雪がさらさらと降りしくことになる」

初雪は、ひとひらひとひら、かってに落ちず、雪の意のあるところに落ちているのです。

まるで、命のリズムをかなでる純白《じゅんぱく》の天使が地上に舞いおりてくるようですね。（❖これはもうほとんど無意識の世界の光景でしょうか。）

「なるほど、初雪で野や田畑が純粋《じゅんすい》に見えるのも、人間の真心（仏性《ぶっしょう》）を投影しているからなんですね」

「そうだね」

「それで初雪が降ると、みんな、『本来の面目《めんもく》（まことの自分）』に立ちもどり、生まれ変わったような、いい顔になるんですね」

そう言った若い僧《そう》の目は、きらきらと輝《かがや》いています。

道元《どうげん》も一句、詠《よ》みます。

冬草も見えぬ　雪野の白鷺《しらさぎ》は
おのが姿に　身を隠《かく》しけり

ある日、道元は熱心な信者から季節の小行事の誘《さそ》いを受け、その屋敷《やしき》を訪問しました。

家に入ると、家長はさっそくお茶の接待をしてくれます。

「道元さま、わたしの家にお出でくだされたのは、初めてでしたかな?」

「はい。初めてです」

「そうですか。お茶をおあがりください」

と、家長は無心のお茶を、道元にさしだします。(❖茶の湯とは、ただ湯をわかし茶をたてて、飲むばかりなることを知るべし。)

庭先から竹林に降る雨の音が聞こえてきます。

これは一期《ご》一会《え》のお茶なのでしょう。

道元《どうげん》は古ぼけた茶碗《ちゃわん》を、

「どうも」

と両手で受けとり、おいしそうにお茶を飲み干します。

道元はすでに耳をうつ雨の音に成り切っています。

そして、ひそかに、

「日々是好日《にちにちこれこうじつ》なり」

というつぶやきがもれでます。

「はい。日々是好日であります」

と、家長もやはりひそかに応じます。


小宴《しょうえん》がすむと、道元は家長から、こんな不思議な相談をもちかけられました。

それはかれの姪《めい》に起きたことなのです。

姪は大変な美女で、清女《すがじょ》という名前でした。その清女はいとこの小三郎《こさぶろう》と、相思相愛の仲でした。二人は結婚《けっこん》を誓《ちか》いあっていました。(❖恋をなおす薬はいくつもあるけど、間違《まちが》いなく効くというのは、ひとつもありませんよね。)ところが、清女の父親は、そんな二人の仲をみとめず、かってに結婚相手を決めてしまったのです。

ひどく落胆《らくたん》した小三郎は清女に何もいわず、こっそりと夜半に舟《ふね》に乗って、その地を去ろうとしたのです。舟を途中《とちゅう》でとめて、ひと休みしていると、誰《だれ》かが岸を走ってくる音がします。

「清女!」

姿を見て、小三郎はびっくりしました。

清女は小三郎がいなくなったのを知って、かれのあとを無我夢中で追いかけてきたのです。

二人は抱《だ》きあって泣きました。

「いまさら家には帰れまい。一緒《いっしょ》に逃《に》げよう」

二人は小三郎《こさぶろう》の親族のいる遠い地に行くことにしました。（❖身はさらさら心もさらさら　たどるはしどろもどろの細道か……。）

そして、そこで仲良く暮らし、子どもにも恵《めぐ》まれました。

五年、六年と歳月《さいげつ》が、またたく間に流れます。（❖いつも月夜にコメの飯ばかりではなかったけれど……。）

清女《すがじょ》は、そのころになって、やたら両親のことが気になりだしました。

「あのとき、わたしはあなたのことを思いこがれて、ただ夢中で家を飛び出してきましたが、父も母も、わたしが行方《ゆくえ》知れずになって、どれほど嘆《なげ》き悲しんでいることでしょう。人の子の親となって、あ〜ん、あ〜んと泣く我が子を見るにつけ、くれくれした気分になり、こころが痛んでしかたがありません」

そう言う清女は、これまでの苦労に押《お》し負《ま》けて、やつれはて、すっかり生気をなくしたふうです。

小夜《さよ》ふけて　我も思えば露《つゆ》の身ぞ
忍《しの》ぶ身にこそ　涙《なみだ》や雨と降るらん

そんな清女を見て、小三郎も、

「おまえが、そう言うのもムリはない。一度、故郷に帰って、親の許しを得ることにしようではないか」

と、決心することにしました。

澄水冷淡《とうすいれいたん》にして、秋は更《ふ》けてゆく時期。二人はひさしぶりに、故郷の地を踏《ふ》みました。

「早くお父さんとお母さんに会いたい」

という清女を、小三郎は、

「まず、わたしが様子を見てくるから」

と押《お》しとどめ、一人で清女の実家に向かいました。

そして、小三郎《こさぶろう》はひさしぶりにあった清女《すがじょ》の父親に、幾度《いくど》も頭を下げて、これまでの不義理をわびました。父親はそんな小三郎に、なんのこだわりもなく大歓迎《だいかんげい》をしてくれます。

「ところで、いままでいったいどこで暮らしていたんだね？」

と、父親はにこにこしながらたずねます。

「はい、実は……」

と、小三郎は、遠い地に二人で住んでいたことを報告しました。

その話に耳を傾《かたむ》けていた父親は、

「そうかね。おまえの奥《おく》さんになった人も、うちの娘《むすめ》と同じ名の、清女というのかね？」

と聞きます。

小三郎はきょとんとして、

「いいえ、あなたの娘の清女ですよ」

そう答えると、今度は父親がけげんそうな顔になって、

「何を言ってるんだ。うちの娘の清女は、君がここからいなくなると、とたんに具合《ぐあい》が悪くなり、口もきけない状態になって、ずうっと奥《おく》の部屋で寝《ね》たっきりになっているよ」

と言うのです。

驚《おどろ》いたのは小三郎です。

「そんなはずはありません。清女は五年前にわたしのあとを追いかけてきて、そのまま二人して遠い地へ行き、子どもまでできて仲良く暮らしていたんですよ。現に、清女は、いま舟《ふね》で待っていますよ」

そういうと、父親はぽかんとした顔になりました。

小三郎の案内で父親が、舟のある川岸に行くと、

「お父さん、おなつかしや。大変ごぶさたをしております」

と、確かに娘の清女があいさつをするのです。

まるでキツネにでも化かされた気分になって家にもどり、奥《おく》の部屋に入ってみると、そこにも同じ清女《すがじょ》が、病人になって横たわっているのです。

「これはいったい、どういうことか？」

わけがわからなくなった父親が、

「清女よ、わたしは舟《ふね》にいる、もうひとりのおまえに会って来たんだよ」

と、病人に話しかけると、病人はむっくりと起きあがったものの、あいかわらずひとことも言おうとはしません。

やがて、舟にいる清女が実家に向かいます。病人の清女もよろよろと立ちあがり、外に迎《むか》えにでました。

舟にいた清女も、いそいそとやって来ます。そして、病人の清女に出会ったとたん、不思議な現象が起きたのです。

二人の清女は、肉体と影とが重なりあうように、一体になり、たちまち一人の姿になってしまったのです。しかも、そのとき着ていた着物の柄《がら》まで、ぴったり一致《いっち》しました。

その様子を眺《なが》めていた小三郎《こさぶろう》は思わず、

「あっ」

と声をあげます。

清女がまるで生まれ変わったごとく、真清水を浴びたかのように生き生きして見えたのです。

これもついに時節因縁《いんねん》をえて、「今の自分」が消え去り、「本来の面目《めんもく》（まことの自分）」に入れかわった現象なのでしょう。

つまり、いままで無意識のなかにいた「無位の真人（もうひとりの自分）」が意識下に浮上《ふじょう》した事例なのです。

8

命の勝負

正しい仏法をひろめようと、志高く普及《ふきゅう》にまいしんする道元《どうげん》の名は、人々の口づたいに、いつしか、しだいに遠くにまでつたわっていきます。

そんなとき、波多野義重《はたのよししげ》から、道元に、

「ぜひ一度、鎌倉《かまくら》へお出でください」

という書状がとどきました。

この国の最高権力者である、執権《しっけん》の北条時頼《ほうじょうときより》に会ってもらいたい、という願いなのです。

道元にはこころに銘《めい》じている、

「王や大臣に近づいてはならぬ」

という釈迦《しゃか》や師匠《ししょう》の天童如浄《てんどうにょじょう》の教えがあります。これは真実の仏道修行《しゅぎょう》をする者であれば、けして忘れてはならない戒《いまし》めなのです。

これらの人間に接すると、どうしても名誉欲《めいよよく》や金銭欲にとりつかれてしまうようになるからです。

それと、道元は、

（仏の教えに惹《ひ》かれるならば、山や川、大海を越《こ》えてまでして自分のほうからやって来て学びたい、と考えるのが道理である。仏の教えを学びたいという志のない人たちのところに、わざわざこちらから出かけていくのは無意味なことだ）

という信念があります。

如浄も六十五歳《さい》まで、帝王《ていおう》のみか大臣にまで、けして近づこうとはしませんでした。僧侶《そうりょ》として、最高位の証《あか》しとなる紫色《むらさきいろ》の袈裟《けさ》も身につけず、いつも黒い貧弱な袈裟をまとっていました。

道元は大いに迷い、苦しみました。断れば大恩人の波多野義重に、大変な迷惑《めいわく》がかかるはずなのです。

結局、道元は逡巡《しゅんじゅん》したあげく、

「これも正しい仏の教えを阻止《そし》しようとする、法難のひとつであろう」

と、気持ちをかためました。

道元《どうげん》は弟子《でし》の玄明《げんめい》だけをつれて、鎌倉《かまくら》に出向きました。（❖玄明よ、用心せよ。宗門・寺を出れば、無明煩悩《ぼんのう》の荒草《あれくさ》ばかりだぞ！）

鎌倉では最高権力者の北条時頼《ほうじょうときより》が、いまや遅《おそ》し、と道元を待ちかまえています。

幕府《ばくふ》の重臣たちがいならぶ広間で、道元は執権《しっけん》の時頼と面会しました。

時頼は道元を見て、一瞬《いっしゅん》、目をそらします。

道元の秀《ひい》でた眉《まゆ》、高い頬骨《ほおぼね》、鋭《するど》く輝《かがや》く瞳《ひとみ》の、そんな風貌《ふうぼう》に、何か霊《れい》の光に打たれるようなものを感じたのでしょう。

しかし、時頼も負けてはいません。んッ、と咳払《せきばら》いし、いちだんと高い席から、道元をじろっとねめつけるようにして、

「そなたの名は、なんと申したかな？」

と、いきなりこうです。

ドスのきいた声で、まるで背後から黒い邪悪《じゃあく》なケムリが、立ちのぼっている

よう。

気にいらない者がいれば、ただちに、

「殺してしまえ！」

と、その人間の生命を絶つことが、権力者というものだ、という顔になっています。

かれはこの一年のあいだに、兄の経時《つねとき》から最高権力者の地位をうばいとり、親族の反乱軍を倒《たお》し、さらに自分をうらぎった重臣の三浦《みうら》一族まで滅《ほろ》ぼしてきたのです。

そのような血なまぐさい合戦つづきで、かれの足下《あしもと》には死骨白骨は数知れず、るいるいとシカバネが横たわっているのです。（❖霊界《れいかい》の嘆《なげ》きを聞け！　死ぬ時期が来ないうちに、死んでしまう人間が多すぎるぞ。）

でも、道元はそんな時頼を、まるで恐《おそ》れる様子はありません。かれには、「生きることのなかに死があり、死ぬことのなかに生がある。これが、人間の真実だ」

という思いがあるからです。

「わたしの名など……」

と、道元《どうげん》は微笑《びしょう》をたたえて答えます。

時頼《ときより》は、その返答にしばらく口をつぐんでいましたが、

「道元。そなたは道元、というのであろう。道元という名の禅僧《ぜんそう》ではないか」

と、つめ寄りました。

「名などなんの意味もないこと。こころにとめおくことは、無用のことです」

時頼はぎろんと目を光らせます。

「ほう、名などなんの意味もないことじゃと」

「さよう」

「ならば、この北条《ほうじょう》時頼という名も、なんの意味もないものなのか」

「はい。そのとおりです」

重臣たちのあいだから、おおっ、とどよめきが起きます。（❖おい、おい。猛虎《もうこ》のヒゲをひっぱるなよ。）

道元は、れっぱくの気合いをこめて言い放ちます。

「その名のあるかぎり、いつも東西南北の風に吹《ふ》かれるように、こころは不安に満たされているでありましょう。平安な日々を求めるならば、その名を捨て去ること。天下はひとりの人の天下にあらず、天下は天下のものです」

その言葉に時頼はむっとおしだまり、重臣たちはしいんと静まりかえりました。このままでは、道元のクビが飛ぶぞ、というどきどきの瞬間《しゅんかん》。

「名などなくても、人間は楽しく生きられるものです」

と、道元はつづけます。

「はたして、そうか。じゃが、名がなければ人間はシカバネと同じではないか」

と、時頼はくちびるをゆがめます。

「いいや、人間は生まれたときは、名などありません。名前は人間が人間にかってにつけるもので、天から与《あた》えられたものではありません」

「うむ」

時頼《ときより》は顔をしかめました。

それから一瞬《いっしゅん》、すさまじい形相になって、そのままくちびるを閉ざし、もう二度と口をひらこうとはしませんでした。


最初の面会は、これで終わりました。（❖道元《どうげん》の命は、首の皮一枚でつながったわけですよね。）

三日おいてから、時頼は二度目の面会を求めてきました。このときは最初のときとは異なり、かれの態度はがらりと変わっていました。重臣たちを遠ざけ、道元と二人だけの場をこしらえたのです。

「のう、道元殿《どの》、教えてくれぬか」

時頼は、先日とはまるで違《ちが》う調子で話しかけてきます。

「わしはのう、いま高い竿《さお》の先にすわって、まったく動くことができぬようなものなのじゃ。むりしてまえへ進もうとすれば、もう飛びおりるしかないありさまでな。どうしたら、よいものか？」（❖今の自分自身の姿に疑問を感じはじめたんですね。）

「執権殿《しっけん》は、ご自身がそのような高い竿《さお》の先にすわっておられる、と申されるが、それはたんに執権殿《どの》の思いこみにすぎません。高い竿など存在しないのです」

時頼は、はっ、と目をみひらいたような表情になりました。

「そうか、高い竿というのは、わしの思いこみか」

「はい。人が舟《ふね》に乗っておれば、岸が動いているように見えます。しかし、舟を注視すれば、舟が動いていることがわかります。それと同じことなのです」

「ふむ。そうであるか」

「はい。心身が乱れている状態で物事を見れば、すべてが乱れて見えるものなのです。一度思い切って、そこからぴょんと飛びおりてみなされ。わけなくおりることができますぞ」

「しかし、ここからおりたならば、また敵と戦わねばならなくなる。わしには敵が多いのじゃ、いつ命をうばわれるやもしれぬわ」

と、時頼《ときより》はため息をつきます。

かれは常に死の影におびえ、生死ぎりぎりの毎日をすごしているのです。

「執権殿《しっけんどの》は、それほどまでにおのれが死ぬことを恐《おそ》れておられるのですか？」

「うむ。わしだって命は惜《お》しいわい」

と、時頼は道元《どうげん》をにらみつけます。

「さようですか。されど、人間は生きているからこそ死ぬこともできるのです。死んでから死ぬ、ということになると少々、やっかいなことになります」

時頼は、

「ん？」

とした顔になります。

「敵はおのれの心がつくりだすもの。おのれの心しだいで、こころは殺人剣《せつにんけん》ともなれば活人剣《かつにんけん》にもなるのです」

「うむ。そうならぬようにするには？」

「こころを安らかな清らかなものにし、まず自分が何者であるかを知ることです」

時頼は食い入るようにして、道元を見つめます。

「仏の教えを学ぶことは、自分自身を学ぶこと。自分自身を学ぶには、自分自身を捨て去り、忘れ去らねばなりません。いつまでも自己に執着《しゅうちゃく》していてはならぬのです」

「うーむ！」

と、時頼はまるで道元にかみつきそうな表情です。

「……地位に対する執着を絶ち、おのれの内でつくりあげた偽《いつわ》りの自己の像を打《う》ち壊《こわ》し、苦悩《くのう》や束縛《そくばく》から解脱《げだつ》するのです。さすれば、どれほど罪深い身であろうとも、時頼殿《ときよりどの》、そこにあなたの光明の世があるはず」

時頼は深くため息《いき》をつきます。

それから沈黙《ちんもく》し、自分のこころのなかに深く入り、内なる声に耳を傾《かたむ》けているふうです。自分自身を見つめ直しているのでしょう。

「仏の教えを学ぶには、おのれ自身を捨て去り、忘れ去らねばならぬということか……！」

時頼の瞳《ひとみ》にみるみるうちに涙《なみだ》があふれ、頬《ほお》にこぼれ落ちていきました。

時頼はついに時節因縁《いんねん》をえて、「本来の面目《めんもく》（まことの自分）」にもどることができたのです。きっとかれも美しい魂《たましい》の持ち主だったに違《ちが》いありません。

浄土真宗《じょうどしんしゅう》の宗祖、親鸞《しんらん》も、

「善人なおもって往生《おうじょう》をとぐ（天国に行く）、いはんや悪人をや」

と述べています。

鎌倉《かまくら》を去るとき、時頼はひろびろとした原野をまえにして、

「のう、道元《どうげん》殿。この鎌倉の地に、そなたのために日本でいちばん豪華《ごうか》な寺を建てたいと思うが、いかがかな？」

と申し出ました。

道元は視線を大地に落とし、一本の草花をひきぬき、それからふたたびそれを大地に刺《さ》して、

「これで、もう寺を建てました。ご無用なこと」

と言ったのです。

すると、今度は、

「それならばそなたの寺のために、二千石を寄進することにいたそう」

それもまた、道元は強く辞退しました。

……ところが、その時頼のプレゼントを示す寄進状を、弟子《でし》の玄明《げんめい》がかって

に預かって帰ってきたのです。あれほどかたく道元《どうげん》が断ったにも関わらず……。

おまけに、寺の僧《そう》たちに、

「ありがたや、このような寄進状をくだされたぞ！」

と、大声で触《ふ》れまわったのです。

玄明《げんめい》としては、そうするには、それなりの理由があったのです。寺にいる人間は百名近くにもなり、空腹に苦しむ僧が多いのです。

その僧たちの日々の食事を用意するのに、どれほど経済的に困難をきわめていることか、その苦労が骨身にしみていたのです。ですから、玄明は自分のやったことを、みんなが喜んでくれるだろう、と夢にも疑いませんでした。

しかし、道元は違《ちが》いました。

「情けなや。わたしがそれを断った真の理由を、仏弟子《でし》たる玄明が理解できないとは！」

と激怒《げきど》し、玄明を寺より追放し、さらに、かれが坐禅《ざぜん》に使用している僧堂の床《ゆか》までも、切り取らせてしまったのです。

三国志《さんごくし》にも、こんなエピソードがあります。

軍師の諸葛孔明《しょかつこうめい》が、寵愛《ちょうあい》する部下、馬謖《ばしょく》を泣いて斬《き》るという話です。

自分の命令に違反《いはん》して作戦を誤り、多くの将兵を死なせてしまった馬謖を、涙《なみだ》を流しながらも処刑《しょけい》した逸話《いつわ》なのです。

諸葛孔明は軍の規律を維持《いじ》するためには、みずからこんな冷酷《れいこく》なことを自分に課さなければならなかったのです。

道元も諸葛孔明と同じ心境だったのでしょう。

むろん、後日、道元の真意を悟《さと》った玄明も後悔《こうかい》をしました。人間があやまちを犯すのは、「まことの自分」を取りもどしていないときです。

玄明は、自分本来の面目《めんもく》をまだ悟らないうちに、道元につれられて鎌倉《かまくら》に行ってしまったのですね。

歳月《さいげつ》が流れるのは、あっという間です。道元《どうげん》は五十三歳《さい》になりました。最後の夏、道元は釈迦《しゃか》がおこなったように、食事もとらず用便もなしに坐禅《ざぜん》をし、瞑想《めいそう》の極地、禅定《ぜんじょう》の域に達しました。

呼吸もなく体温も下がり仮死状態になる、滅尽定《めつじんじょう》という最高の禅定です。もし、これを死んだ者として錯覚《さっかく》し、火葬《かそう》にしても、その肉体はおろか着ている法衣までも焼けることはない、といわれています。

道元はそのとき、油のしたたる光景を目にし、また甘美《かんび》な匂《にお》いにつつまれて陶然《とうぜん》となりました。

これは、お釈迦《しゃか》さますらまどわそうとする魔物《まもの》の誘惑《ゆうわく》、いわば魔境の境地におちいったのかもしれません。けれど、道元は、そうではなく神聖なカタルシス（精神の浄化《じょうか》）を味わったことから、これを天が示してくれたもの、と受けとめました。

「あなたの残りの命は、あといくらもないのですよ」

という神仏の予言です。
むろん、修行《しゅぎょう》の完成者でもある道元には、当然、霊的《れいてき》な予知能力はあります。
この自分は○年○月○日○時に死ぬであろう、という予感です。

9

月光の舟《ふね》

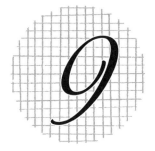

天人が死ぬまえには、五種の衰《おとろ》えの相があらわれるそうです。ついに、道元《どうげん》も病の身になりました。

自然の四季と人間の生と死は、よく似ていると言われます。春は冬が終わってから始まるのではありません。冬が過ぎるまえに、春はすでに来ているのです。

人間も同じです。生が終わるまえに、すでに死は始まっているのです。人生は稲妻《いなずま》がきらめくようにあっという間で、白馬が塀《へい》の隙間《すきま》を通り過ぎていくようなものです。

人間には天から与《あた》えられた宝石、寿命《じゅみょう》というものがあります。人間は人生という学校で、貴重な寿命がつきるまで、苦しみ、悲しみ、喜びを体験として学び、それで自分の魂《たましい》（霊魂《れいこん》）を進化させ、浄化《じょうか》させようとします。

それが人生の目的なのです。そのために人間はこの世に生まれ、生きているのです。

けして、有名になるためや金持ちになるために、生きるのではありません。そんなものをどれだけ獲得《かくとく》したところで、あの世にはもってはいけません。もっていけるのは、自分いがいの人間のためにつくしてやった「愛情の実績」だけなのです。

かれにとって「魂の書」ともいえる大作、「正法眼蔵《しょうぼうげんぞう》」も、ほぼ書き終えました。

道元は、弟子《でし》たちに、

「わしの教えは、この書、正法眼蔵のなかにすべて書いてある。この書をわしの命と思うように」

と告げました。

現在の寺の中心には、仏殿《ぶつでん》、説法の法堂、修行僧《しゅぎょうそう》たちの僧堂と、小規模ながらも仏寺らしい形もととのい、多くの弟子《でし》たちも育ってきました。

道元《どうげん》には、

「自分としては、為《な》すべきことを成《な》し遂《と》げた」

という思いもあります。

余命いくばくもない、と悟《さと》ったかれは、今後の寺の運営について考えを定めました。

そして、数日間、黙然端座《もくねんたんざ》を重ねた後、主な弟子たちに、今後のことを事細かに指示しました。


まっさおに晴れた空から、雪がちらほら落ちてくる風花が舞うようになると、春の予感がほつほつと胸を打ちます。

雪解けの時節が到来《とうらい》し、道元は仏に導かれるように、生まれ故郷の京都へ旅立つことにしました。（❖帰りなん　いざ！）

懐奘《えじょう》ら数人の伴をつれ、もうこの寺には二度ともどることはあるまい、とする覚悟《かくご》の旅です。

毎日のように朝もやのたつ日がつづき、うららと照る春の陽《ひ》が、大地に熱をふくませていく日々。

村の子どもたちが、ワラでこしらえた棒《ぼう》のようなものを持って、大地をたたいて地霊《ちれい》を呼びさます春の行事があります。

月夜の晩に、四、五人の子どもがあつまって、

「ほうい、ほうい。大地の神さまよ、目覚めよ。目覚めて植物を育てよ」

と、ナワの棒で、バタンバタン、と地べたをたたいてまわります。

ヤサイの種をまく季節を迎《むか》え、大地の霊、地霊がかっぱつに動くよう促《うなが》しているのです。

あらゆる植物が枯《か》れて死に、春になってまたあたらしい芽を出すことや、蛇《へび》やクマも冬に死に（冬眠《とうみん》）、春にまた動きだすのも、それらはみんな人間と同

じように、生と死をくりかえしているのだな、と村人は思っているのです。

山里では田植えが始まっていました。

水田では田の神と早乙女《さおとめ》たちの神婚《しんこん》が、進行しているのです。笛や太鼓《たいこ》を打ち鳴らし、田植えの祝い歌がひびきます。

ヤーハーレヤハレ
今日はこの植え田に　神おろす
きよめた植え田に　神おろす
ヤーハーレヤハレ
苗代《なわしろ》の三角の神が　天降《あも》りする
きよめた植え田に　天降りする
ヤーハーレヤハレ
神のまえに　そなえる苗《なえ》よ

ハリャたてまつれ　ハリャたてまつれ

田の稲はみるみるうちに成長します。すると、高い山から下りてきた稲の神さま、稲魂《いなだま》さまがとりついて、穂《ほ》を稔《みの》らせてくれます。

でも、この稲魂さまは、ものすごく神経質なので、気にいらないことがあると、すぐに逃《に》げ出《だ》してしまうのです。そこで、田のそばを通る農民たちは大声を出さないように、走ったりなどしないようにして気をつけます。

そして、稲の刈《か》り上《あ》げがすむと、稲魂さまにごちそうを供《そな》えて感謝し、また高い山の頂上へと帰っていただくのです。

道元《どうげん》は京の都に入りました。かれが悠然《ゆうぜん》と南山を眺《なが》めると、そのとき数羽の渡《わた》り鳥《どり》が、西をめざして飛んでいくところでした。

かれはこの地に生まれ、そして、最期《さいご》はこの地で命を終えることになるのです。

鴨川《かもがわ》のほとりで、道元《どうげん》は足をとめました。あたりはすでに暗くなり、月が出ています。

それも、満月。

ふと見ると、満月の明かりを受け、いま年老いた人が、上流に向かってけんめいに舟《ふね》を漕《こ》いでいます。

川の流れは銀粉をまぶしたように輝《かがや》き、ときおり、微風《びふう》によってきらめく光のさざなみが、岸辺の葦《あし》によせています。

その小さな木の舟には、何ひとつ荷物は積まれていません。人間の一生をあらわす空の舟……。

それでも、年老いた人は重い荷物をのせているかのように、力いっぱい体をしならせ漕ぎ進んでいます。

舟底には満月のこうこうと照る月の光が、いっぱい積まれているだけなのです。

波もひき　風もつながぬ　捨て小舟
月こそ夜半《やわ》の　盛りなりけれ

と、道元は一句、詠《よ》みます。

道元の歌はこまかい金粉が、空中に舞うようにやって来ます。

かれはつくづく思うのです。

「この自分は正しい仏法をひろめようと、ひっしにがんばってきたが、それもまだまだ充分《じゅうぶん》ではないかもしれない。この道元という人間も、ほとんど無名のうちに、正しい仏法の種をまいたのみでこの世を去ることになる。けれど、それでよいのではないか。正しい教えさえつたわるならば、なにも名を残すことなどないのだ。

人間の人生は、この川をゆく月下の小舟《こぶね》のようなものなのだ。それまで長く味わった苦しみ、悲しみ、喜びの体験は、こうして月の光の荷となり、人生の小舟を満載《まんさい》にしてくれる……」

このとき、ふいに亡き母、伊子《いし》の言葉が道元《どうげん》の耳を打ちます。

「ねえ、文殊丸《もんじゅまる》。人間がこの世に生きるってことは、どういうことなんでしょうね?」

それは透《す》き通《とお》った美しい声で聞こえてきたのです。

道元はふたたび川の流れに目をやります。

漕《こ》ぎ手《て》の姿は月の光につつまれ、淡《あわ》い影のよう。

月下をゆく小舟は、まるでこの世からあの世へと漕ぎゆく、こころの海をわたる生死《しょうじ》の舟なのでしょう。

……………………。

道元は下京区高辻《たかつじ》にある俗弟子《ぞくでし》の覚念《かくねん》の屋敷《やしき》を、人生最期《さいご》の宿とすることにしました。

そして、自分が予知していたように、一二五三年八月二十八日早朝、臨終《りんじゅう》のときを迎《むか》えました。あの世への旅立ちです。

あつまっていた弟子たちは、その場で不思議な現象を目撃《もくげき》しています。

「道元さまの瞳《ひとみ》が銀色に輝《かがや》いたかと思うと、部屋の中が水晶《すいしょう》のような神々しい光にあふれ、うっとりするほどの音楽が聞こえてきたのです」

そして、

「人の形をした白い煙《けむり》のようなものが、道元さまの肉体より抜《ぬ》けでました。すると、部屋ぜんたいがゆがんで見えるようになり、光のまぶしいトンネルの入り口があらわれ、白い煙のようなものは、そこに消えていったのです」

残ったのは遺体だけです。（❖我が亡骸《なきがら》は、野に棄《す》てよ！）

弟子の懐奘《えじょう》は、思わずこころのなかで問いかけます。

「道元さま、あなたはこれから何処《いずこ》におられまするや？」

すると、道元《どうげん》の声なき声が、はっきりと聞こえてきたのです。

「懐奘《えじょう》よ、わたしは何処《いずこ》にもおる。自然の山河大地、星や月や太陽があるがごとく、わたしもあるがままに……」

……と。

あとがき

この作品は道元《どうげん》の生涯《しょうがい》を通して禅《ぜん》のあれこれについて物語っています。

でも、それだけではなく、人間の「本来の面目《めんもく》（まことの自分）」を見いだすプロセスを辿《たど》る書にもなっており、心にカタルシス（浄化《じょうか》）がもたらされることもあるでしょう。

禅（ZEN）というと、とかく難しいものと考えますが、禅問答などの中には、あなたの人生をアシストしてくれる深い意味をもつものがあります。

禅の知恵《ちえ》の内容をよく知ると、あなたの日々の生活のこと、生きることに有益なアドバイスを与《あた》えてくれるものがあります。

師匠《ししょう》と弟子《でし》とのある禅問答。

弟子が師匠に質問しました。

「師匠、教えてくださいよ。仏の教えの根本とは、なんですか？」

すると、その質問が終わるか終わらないかのうちに、師匠はいきなり警策《けいさく》の木棒《もくぼう》で弟子をいやというほど殴《なぐ》りつけました。弟子は、一回目のダウン。

でも、弟子はけなげです。自分の質問の仕方が悪かったと反省し、もう一度、今度はていねいに尋《たず》ねます。

「あのう、どうかお教えください。仏の教えの根本とは……」

そこまで言うと、また師匠からこっぴどく警策棒で叩《たた》かれました。弟子は二回目のダウン。

さらに、別の日、もう一度、師匠のもとを訪ね、同じ質問をしました。でも、やはり、いきなり警策棒バチンッのお見舞いです。弟子は、三回目のダウン。

師匠にこれほどひっぱたかれるのは、自分の修行《しゅぎょう》の足らないせいだ、と弟子はつくづく反省し、別の師匠のところに行きました。

「わたしは三度仏法の根本を質問し、三度とも木の棒で叩かれました。どこにわたしの落ち度があったのでしょうか？」

すると、別の師匠も何も言わず、弟子をいやというほど木の棒でぶん殴ったのです。これで弟子は、四回目のダウン。

これは果たして、ピュアな禅問答の話でしょうか？　木の棒で叩く、殴る、関節技をやる、これではまるでK－1やUFCの格闘技の世界ではないですか？

暴力はいけません。絶対にこんなことは真似しないでください。

それでも、弟子はこの禅問答で、

「仏法の根本とは、自分の中にあるものだ。こころのなかにこそ解答がある。たとえいくら誰《だれ》かに尋ねてまわっても、それではいつまで経っても、仏法の根本を見いだすことなどできない」

と悟《さと》ったそうです。

この仏法の根本とは、ふつうの人の場合、人生の根源（まことの自分）と読み替えることもできるでしょう。

禅の智慧で忘れてならないのは、道元の、

「あなたはあなた自身を知れ！　あなた自身のこころを知れ！」

という言葉です。

この道元のセリフだけは、なんとしても心にとどめておきましょう。

人間はどのようにして、自分の心のなかに「まことの自分」を見いだし、その「本来の面目《めんもく》」に戻ることができるのでしょうか。

いくつもいくつも、あなたは人生の悲しみ、苦しみ、喜びを体験して、いつか「まことの自分」を見いだし、「自己実現」をしなければなりません。

人間はいつも自分で自分をだましたり、自分で自分に暗示をかけ、「まことの自分」とは違う「偽りの自分」をこしらえてしまっているのです。

エゴがいつのまにか「まことの自分」のような姿をとることで、真実の姿が覆い隠されてしまっているのです。

そして、ある日、長くつきあっている親しい友人などから、

「あなたって、すっかり人間が変わってしまったね」

なんて言われるようになるのです。

気づきの時です。

「今の偽りの自分」は仮の姿なので、たとえ幸せになったとしても、それはあくまで仮の幸せにしか過ぎません。

道元の教えのように、自分で自分と対決し、自分を見詰め直し、自分の本源でもある「もっとも自分らしい自分」に立ちかえってみることが必要なのです。

「まことの自分」の智慧に従って行動すれば、もう他人から認めてもらいたいなどと思う必要はありません。

だれになんと言われようと、どれだけ環境が変わろうと、自分は自分らしい信念をもった生き方をすれば良いのです。

そうなれば、「自己実現」のチャンスも巡ってきます。自分自身の持っている顕在・潜在的能力を十分に発揮し、才能を開花させて、あなたが天から与えられたミッション

を果たしてください。

この作品を完成するにあたって、歴史に精通する作者の親友、市原裕さんと、作品の主要なパートに関して多く議論し、有益な助言を得ることができました。

多忙の身でありながら、この作品のために貴重な時間を割いていただいたことに対し、心から感謝をしたいと思います。有り難うございました。

２０２１年5月吉日

しのざき　こういち

主要参考資料・引用資料

本作品の執筆にあたり、左記の資料を採用させていただきました。心から感謝申し上げます。

『正法眼蔵1〜5』（道元、石井恭二訳、河出文庫、二〇〇四年）
『碧巌録』（入矢義高他訳注、岩波文庫、一九九二年）
『臨済録』（入矢義高訳注、岩波文庫、一九八九年）
『景徳伝燈録』（佐橋法龍、春秋社、一九七〇年）
『従容録』（安谷白雲、春秋社、一九七三年）
『無関門を読む』（秋月龍珉、講談社文庫、二〇〇二年）
『道元禅師語録』（大久保道舟訳、岩波文庫、一九四〇年）
『正法眼蔵随聞記』（水野弥穂子訳、筑摩書房、一九九二年）
『道元　永平広録』（大谷哲夫訳、講談社、二〇一四年）
『道元　小参・法語・普勧坐禅儀』（大谷哲夫訳、講談社学術文庫、二〇〇六年）
『宝慶記』（池田魯参、大東出版社、二〇〇四年）
『趙州録提唱』（福島慶道、春秋社、二〇一三年）
『禅語百科』（沖本克己他、淡交社、一九九八年）
『禅問答と悟り』（鈴木大拙、響林社、二〇一七年）
『禅の思想』（田上太秀、東京書籍、一九八〇年）
『道元』（ひろさちや、春秋社、二〇一四年）
『道元』（竹内道雄、吉川弘文館、一九九二年）

著者紹介

しのざき こういち（篠﨑 紘一）

1942年生まれ　新潟県柏崎市出身　早稲田大学文学部卒
日本ペンクラブ、日本文藝家協会会員
コンピュータソフトのIT企業を経営する傍ら小説家を志し、2000年「日輪の神女」で第一回古代ロマン文学大賞を受賞しデビュー。現代的な解釈で歴史ロマン小説などを意欲的に執筆、著書には「日輪の神女」「悪行の聖者　聖徳太子」「万葉集をつくった男　大伴家持」「輪廻の詩人」など多数。
児童書「令和の旗――『万葉集』誕生ものがたり」「道元禅師のワンダーランド――ピュアな禅の世界で『本来の面目（まことの自分）』探し」など。

カバー絵・佐藤 道明

道元禅師のワンダーランド

ピュアな禅の世界で「本来の面目（まことの自分）」探し

発行日　2021年10月4日　初版第一刷発行
　　　　2021年10月5日　初版第二刷発行
著　者　しのざき こういち
装　画　佐藤道明
発行者　佐相美佐枝
発行所　株式会社てらいんく
〒215-0007　神奈川県川崎市麻生区向原3-14-7
TEL　044-953-1828　　FAX　044-959-1803
e-mail　mare2@terrainc.co.jp
印刷所　モリモト印刷株式会社

ISBN978-4-86261-169-7　C8093